心·镜

索以/著

生活的幸与不幸

都在俯仰之间

化为云烟

历时八年，足迹所至藏区各处

一个用镜头记录美好世界的独立设计师

让想象超出想象

中国出版集团 现代出版社

图书在版编目（CIP）数据

心·镜 / 索以著. -- 北京 ：现代出版社，2019.1
ISBN 978-7-5143-7484-1

Ⅰ. ①心… Ⅱ. ①索… Ⅲ. ①游记－作品集－中国－当代 Ⅳ. ①I267.4

中国版本图书馆CIP数据核字(2018)第241436号

心·镜

作　　者：索　以
责任编辑：杨学庆
出 品 人：路佳瑄
出 版 人：吴良柱
选题策划：路佳瑄　赵　伟
出版发行：现代出版社
地　　址：北京市安定门外安华里 504 号
邮　　编：100011
电　　话：010-64267325　64245264（兼传真）
网　　址：www.1980xd.com
电子邮箱：xiandai@vip.sina.com
印　　刷：北京瑞禾彩色印刷有限公司
开　　本：880mm × 1230mm　1/32
印　　张：14.5
字　　数：253 千字
版　　次：2019 年 1 月第 1 版　2019 年 1 月第 1 次印刷
书　　号：ISBN 978-7-5143-7484-1
定　　价：78.00 元

索以说

一旦某个地方获得了天堂的美誉，它就会变成地狱。

——丽江

旅行路上会遇到很多人，不问出身、职业，只关心旅行本身。于是人与人的相处变得无比简单。即便是短暂相处，也能让人铭记。

——泸沽湖

那些登山的人能征服的不过是自己，自然面前，谈何征服雪山。

——梅里

所谓“生活”，有生存有活着，我们疲于奔命为了生存，我们行走天涯为了活着。有的人享受生存，有的人享受活着，可我想把生存过成活着。

——雨崩

旅行不是为了寻求盲目的刺激，盲目的探索可能会带来严重的后果，我们不需要吹牛的谈资，安全抵达更令人欣喜。

——八姆七措

旅行就是这样，因为年少无知才无畏，因为一无所有才无所谓。

——成都

那一间间红色的木屋里，那一条条简易的小道中，究竟隐藏了多少故事？不求物欲，只求无欲。

——色达

石城千年矗立不长，信徒百年雕刻信仰，或许佛祖不想让信徒太过劳累，举手即可安放经石吧。

——石渠松格玛尼城

藏东似乎独缺了一处秘境。或许是萨普，我想应该就是萨普，能弥补这个区域的空缺。从地图上看，萨普周边区域还有好几处大型湖泊和冰川，萨普是一扇门，打开它，我们将探寻到藏东更神秘的风景。

——萨普

拥挤的城市，不大的办公桌，朝九晚五。为生活奔忙，就像磕长头，只不过信仰的内容不同罢了。他们的信仰关乎生死，关乎今生和来世。我们的信仰关乎家庭、理想、爱情。

——波密

一段一无所有的时光却换来拥有。

——青藏线

我庆幸在人生最美好的年华，感受过用脚步丈量大地的快感。成长让体力消失，但不会把信仰磨灭。

——山南白玛林措

随着社会的进步，旅行也越来越轻松。清苦的旅行，就变得格外有意义。

——尼泊尔加德满都

我们忙着拍照，忙着发朋友圈，然后不停看手机，等着点赞和评论。生活中那些本该有的体验，如今却都挪进了朋友圈。可在荒郊野外，丢失手机信号，却找到了最真实的自己。

——尼泊尔木斯塘

他们不知道身后的山峰那么出名，他们只知道这里是家乡。他们不知道也同样有人喜欢看雪山，他们只知道那是他们的神山。在这远隔千里的山谷中，他们保留了最淳朴的信仰。

——玛纳斯鲁山下的村庄

虽然绝大多数人的路，都是平凡的路，绝大部分人的人生，都是平凡的人生。但面对广阔的世界，渺小的我们仍有存在的意义，那便是探索。

——冈底斯山脉主峰冷布岗日雪山

有了山水和生活，就有了想象，有了更高层次的精神寄托。在神山之所，在圣湖之旁，在绚烂的阿里大地上。人们用自己的方式踏出一条信仰之路，随风而展的经幡，祈福的玛尼经石，那是人们寻求内心安宁的寄托。神山圣湖下的家园，生活的幸与不幸，都在俯仰之间化为云烟。

——玛旁雍措

或许他们不知道，他们生活的这方净土有怎样古老的历史。但在他们生活的点滴习俗中，那份对于神山圣湖的崇拜，那些玛尼石上刻下的文字，那些风中摇曳的经幡，本身就带着远古的气息，在这片土地上呼吸着、延续着。

——穹窿银城

高原的尘土，掩埋了曾经的灿烂文明。雪域的阳光，映射了今日的生生不息。这片土地曾经的荣耀、如今的虔诚，并不会因为土林的苍茫而褪色。在那些遗迹的记忆深处，依然保存着荣耀的筋骨，吸引着远道而来的世人，想象、感叹、惦念。

——札达土林

王朝曾经的故事、盛世荣光的过去、夕阳映射的金光，让每一张照片、每一帧影像得以流传，并以此告诉世人，在阿里的土地上，你能看到过去与未来。

——古格王朝

如果有空，就去看看这个世界。去哪里都行，只要出发。只是我喜欢那片高原，或许若干年后我也会找个舒服的地方躺着，可是现在，我想去看雪山和星空。

——羌塘无人区

风景不绝　心情不老

旅行的意义有很多种，与之相关的书也五花八门，以至于很难给它一个定义。翻看历史，人们出行的原因很简单：读书、经商、逃难、行军、朝圣，等等。在这些原因里，旅行并不是“旅行”本身。那些被世人铭记的伟大行者，诸如玄奘、徐霞客，他们即使不算旅行，也看到了不同的世界，留下的文字也成了历史文献。他们留下的诗篇和字画，蕴含了那时候人们的旅行观。

旅行是一个法语词，本意为“劳苦”，所以旅行最初的意义并不像现在这般轻松自在、逍遥人生。起初，大多数中国人对于旅行这件事并不热衷，直到解决了生存问题之后，才开始懂得旅行是生活的一部分。而所谓生活，我的理解是生存和活着。工作都是为了生存且生存得更好，努力搭建丰富的物质基础，让闲暇时光得到精神的愉悦。苏珊·桑塔格在《论摄影》中说：“现代人大多是隐蔽的工作狂，即使在旅游时也遵循着严格的时间表，每到一地便拍照。”在《游客凝视》一书中，约翰·乌里把旅游彻底视为一种消费形态，游客只不过是在消费“物品的符号意义”，去往著名的地方，看著名的景点，留下著名的V字手造型。这也是我们的传统出游方式，在经济基础和视野局限的前提下，最无奈的选择。

然而，互联网的发展为寻找旅行的本意提供了更多可能性。游记、攻略、感悟可以不再是其他人留在电子屏幕上的专属。每个人都可以自由地选择出行方式和目的地，不需要很多钱，就可以开始一次让人兴奋的旅行。

离开自己生活之所，去往他人生活之所。去探索未知的不毛之地，寻找生活的另一种方式。慢慢地，走出去的时间越多，旅游就变成了旅行，走马观花的游变成了细细品味的行。于是就有了户外运动，通过自驾、徒步等方式跋山涉水看风景。

我曾在欧洲逗留数月，也曾感慨历史文明的辉煌，自然景观的壮美。但让我印象最深的却是当老外在我的手机照片里看到中国的美景时，那不可思议的表情。于是我决定停下来，重新回到属于自己的国度，用行走弥补曾经的无知，用影像记录走过的风景，把这个东方古国所孕育出来的山水、文明看清楚。当我再次走出国门时，既可以向他们展示自己的国度，也会更加懂得如何感知他国的山水、文明。或许这样，才能不虚此行，毕竟时间总是有限的。正所谓，风景不绝，心情不老。

目录

启　程

为什么是西藏？

因为那是西藏！

这么多年只去西藏，不无趣吗？

即使无趣也比其他地方有趣！

为什么？

故事要从2010年的那个夏天说起。

人多善变，一会儿要自由，一会儿又说孤独

关于一个人的旅行，蕾秋·乔伊斯在《一个人的朝圣》中这样解释：“当一个人与熟悉的生活疏离，成为一个过客，陌生的事物都会被赋予新的意义。”所谓“新的意义”，我以为，无须与人分享，不用在意他人的眼光，放逐内心，任性驰骋。那是一种随心所欲，一种可以完全掌控自己的时间、行程，并完全融入每一寸陌生地的随心所欲。遇到路人，始于善意，止于探究，在分别的时候道一句“后会有期”，最后再也不见。

纳博科夫在《俄国文学讲稿》中说：“每个人或多或少都经历着两种力量的斗争：对独处的渴望和走出去的冲动。”孤独与自由总是相伴的，享受自由就等于选择孤独。如王安忆在《波特哈根海岸》中所说：“什么遇见自己，看见不同，都是矫揉造作，孤独和迷茫才是一路相伴的，它们忠实地静默横亘于心，无处分享。”

放弃愿意同行的人，没有寻找到愿与之同行的人，最后发现，真正想要的旅伴只有自己。于是，只能独自上路。孤独感总是在不经意间扑面而来，在雪山面前，在湖泊岸边，在任何你想与人分享的地方。无力反抗。

你看，人多善变，一会儿要自由，一会儿又说孤独。

不知 PS，只知 CS

正如伊丽莎白·毕晓普的诗："我应该待在家里，遥想这里吗？"不管作者是否去过布拉格，他都可以凭借各种资料写出一本诗意的布拉格笔记，写你的卡夫卡你的萨宾娜。人的一生能走到哪个地方，绝不是偶然，这是需要机缘的。有的地方明明从未来过，却总觉得似曾相识。

我是索以，出生在内蒙古，我的家乡出门便一望无际，自小我就喜欢那种空旷的感觉，也因此对那些小情小调不感兴趣。或许因为我的血管里流淌着满族人的血统，所以我喜欢旷野，喜欢新鲜事物，喜欢独坐在一个地方看看山水，崇尚自然，拒绝约束。上初中的时候，父母在宁夏做生意，每逢周末，我都是一个人坐着大巴车回家。记得初二暑假那年，我买了张从乌海到银川的汽车票，到了银川又觉得没事情做，便又独自坐着大巴走了4天，到青海西宁。这段经历我没有告诉父母，怕他们担心。可就是这一次让我知道：除了自己生活的地方，还有不同的风景和人生。那个时候我就想，等我长大了，一定要到处去看看。

因为生活的小城乌海地处偏僻，少年时代的我也只去过银川、呼和浩特，再远就是北京。那时候我的地图就这么大，直到上大学来到广东。当时，从银川到广州的火车要两天两夜。这算得上是第一次远离家乡，第一次亲身体会到祖国地域之辽阔，不再是地理课本上想象的世界。

来到广东，人生好像开启了另一扇门。我的专业是传播学，记得上课的时候老师问：你们谁会PS？广东的同学都举手，而我连什么是PS都不知道，只知道CS（counte-strike，反恐精英游戏）。

一部相机，记录人生

为什么喜欢摄影？

我记得2004年第一次去香港的时候，站在太平山顶看着眼前的城市，突然心中一阵酸楚，我意识到有生之年，一些地方或许只能到达一次，又或者根本无法到达。我需要一部相机把我走过的地方浓缩成影集。这样在我年老走不动的时候，我可以看看照片，回忆这一生，然后笑着瞑目。摄影于我，是关于人生的记录。

大学的课程里有摄影课。于是我向家里要了500块钱，和几个同学跑到广州海印城买了第一部数码相机，一部只有400万像素、忘了什么牌子的卡片机。学摄影

的初期用四个字就能概括：纯属瞎拍。不懂前期，更不知道什么是后期，只有一腔盲目的热爱。后来，我翻阅图书馆里与摄影相关的各种书籍，学会了摄像和剪辑。有了技能就有了施展的空间，我独自搭建了学校的官方网站，创立了第一个校园电视台。

大二暑假，我带着这部简易相机和仅有的3000块钱，一个人走完了华东、华中地区。记录下了第一次独自远行的故事：武汉的樱花、南京的中山陵、苏州的寒山寺、徐州的龟山汉墓，等等。尽管去的只是传统景点，但对还在上学的我来说，已是那些年能做到的最自由最享受的事。那时我写下：旅行，就是走进他人的世界，感受自己的存在，并铭记于心，待年华逝去，依旧能回味无穷。

大三上学期和寒假我开始打工，攒了一万块钱，我买了人生第一部数码单反相机尼康D70和一只腾龙18-200镜头。那是我当时最奢侈的东西，连睡觉都放在枕头边。所谓“单反毁一生”的序幕也缓缓拉开。

某日在校园论坛里看到一个帖子：骑车去西藏，寻找同路人。

那时年少，对于西藏，对于那样的旅行方式，完全没有概念，只觉得想想都挺刺激，完全不考虑是不是疯了的问题。三个月后，那个帖子更新了。我抱着电脑看了整整一个下午，看着他们的游记和照片。不知是羡慕还是后悔没有一起出发，抑或是遗憾不能完全目睹他们沿途所经历的无限风光，心中满是失落。直到这些年我才发现，那是活在身体里的另一个自己，蠢蠢欲动，他坚信自己有更好的方式、更好的影像呈现。

所有相遇都似曾相识

我的第一份工作是在珠海一家大型国企下属的广告公司做视频拍摄和剪辑。这份工作说来有趣，大学时代我在校园里办电视台，带着大家做新闻节目，白天拍摄，晚上做后期，经常在剪辑室里通宵剪片子。我学的是传播学广告专业，电视新闻专业就在隔壁班，而我好像天生就喜欢带镜头的东西。有天下午，舍友说华发招剪辑师，你要不要去试试？于是我坐了4个小时公交车，现场剪辑了一部10分钟的片子。第二天，我顺利入职，那是大学三年级的下学期。

初入社会，一切从简，有了收入，控制支出。我住在公司附近，我的卧室是大房子隔出来的，房租一个月400元。一年后，我买了第二部单反相机尼康D200和传说中的金圈镜头尼康17-55。

那时工作很忙，只有在公司组织团建去阳朔、凤凰、张家界等地的时候才能去旅行，这算是最大的福利，也因此开启了我的风光摄影之路。那时候，我把照片的后期做得很浓重，恨不得把PS的各项功能都用一遍。可后来回头再看，原片更有保留价值。这些年，在不断的拍摄与提高中渐渐懂得，摄影的意义在于：还原真实所见，记录想要表达的瞬间。摄影的后期是对机器不足的弥补，而不是过分地渲染。

两年后，我离开华发入职珠海特区报。做记者的日子，每天都是新鲜的。听不同的故事，看不同的人生，用镜头记录着千姿百态。我曾被派去澳门拍摄奥运火炬传递，每一个抓拍下的人物都很真实。这期间，我认识了中新社的摄影记者闫大哥，他说：不是拍得不够好，是离得不够近。后来我才知道这句话出自20世纪最伟大的战地摄影师罗伯特·卡帕。

在一个阳光明媚的午后，我无意间看到一篇帖子，讲述从昆明自驾进藏的故事。同样坐在电脑前，同样是关于西藏的旅行故事，同样的午后。所有的相遇都似曾相识。我写下辞职信，出门右转买了张飞往昆明的机票。冲动的后果就是囊中羞涩，无奈只能求助同事阿飞。我在阿飞家里待了一个下午，东拉西扯不说正事。因为在这之前，我从未向任何人借过钱。

阿飞问，你是不是有心事？

我拿出机票说，我要一个人去西藏，可是怕钱不够。

你有多少？

6000块。

那肯定不够啊，去西藏那么远，我借你1万，路上不够给我打电话。

阿飞是我在珠海的第一个同事，那时他的收入并不多。或许他

心中也有独行的梦想吧，他的支持让我在出发前吃了定心丸。旅行归来后我把钱还给他，且告诉他，这半年的旅行，我只用了6000块。

当时我所有的家当是一部相机、一台电脑、一箱衣服。我的出行装备是200元的冲锋衣裤、120元的60升背包和20元的墨镜。

退掉房子，背起行囊出发。说走就走，带着全部家当。那是2010年的7月10日。

反正一无所有，不如多一些拥有。

滇藏线：

从风花雪月到心中的日月

从风花雪月到心中的日月

从大理到丽江，沿着214国道至西藏芒康，入318国道，一路抵达拉萨，全长1927公里。滇藏线一直被称为最美的进藏线路，从云南的温婉古镇穿越连绵的梅里雪山后进入西藏，风光险秀无比，从风花雪月到心中的日月，可谓是最风情万种的旅途。

去哪儿旅行？几乎不证自明的是，一旦某个地方获得了天堂的美誉，它就会变成地狱。多年后，目的地不明确成了习惯，漫无目的地游荡成了主要方式。即便是尽人皆知的地方，平静如水的心态也可以把我从地狱拉回天堂。但在此之前，一定要经历炼狱般的考验和折磨。

飞机落地昆明，走出陌生的巫家坝机场。公交站牌前，没有一个认识的地名。一个外国人问我怎么去大理，我说我也是刚到，不清楚。大理？那个有六脉神剑的地方？那就先去大理吧。在机场附近找了一间旅馆住下，买了前往大理的汽车票。

2017年在昆明，我和武哥开玩笑说，7年前，我第一次来这里，都不知道该去哪儿。今天再来昆明，居然有这么多朋友坐在一起喝酒，还享受了专车的待遇。

大理没有剑谱，双廊还有海地

云南总是慢半拍，从昆明到大理，时光越过山岭江河。生活在这片土地上的人们，惬意地种花饮茶，快意地醉酒骑马。移步易景，从景观到人物，包罗万象。

在大理的汽车站，我再一次一脸茫然地不知道该去哪里。尽管之前看过一些帖子，但是我总是刻意地忽略吃住行的内容。那是别人的旅行，我不想去复制，我希望一切都是新鲜的。那时互联网还没有今天这样发达，寻路靠问，住宿靠腿。同车有个背包的驴友，我上前寻求帮助：您好，您知道古城里青年旅社怎么走吗？

我是日本人。对方用蹩脚的中文说。从那以后不管见到什么人，哥们儿都先说Hello。

各地的青年旅舍是穷游的圣地，便宜且有同路人。那时大理的青旅一张床位只要25块钱，那也是我第一次住青年旅舍。之后随着生活条件的改善，个人毛病的增多，再也没有住过上下铺的多人间。那时还很年轻，喜欢和人聊天，想去听大家讲故事。住在我上铺的是比我大一些的福建男生，他说他要徒步去西藏。我知道有骑车的，有自驾的，但我不知道竟然还有徒步的。我叫他老陈。老陈说，他就想做点儿不一样的事。大家都用交通工具，他就想走着去。可他在大理等了3天了，也没有遇到一起徒步的人。

你也去西藏，要不咱一起徒步呗。老陈说。

算了吧，我第一次去西藏，还没疯狂到要走路去。我说。

老陈略显失望，多年后我也失望，失望自己那会儿如果冲动一下，也就走了。没准儿当年就能混个网红，那时微博刚刚兴起。

老陈继续在旅社等着同路人，我背着相机去看苍山洱海。小说中的世界充满想象，现实中的古城人来人往，并没有小说中的仙气，更别提剑谱了。人们都说大理是风花雪月的，我却对古城没什么感觉。苍山下，三塔矗立。古老的建筑，现代的园林。也不知道哪里来的体力，我把大理转了好几圈儿，连续三次登上崇圣寺塔顶拍大理全城。虽对古城无感，但洱海的蓝色还是醉人的。若干年后，当我看过西藏的各种蓝，才懂得洱海的蓝只能是色卡里最初级的蓝色。

客栈里，来自各地的朋友计划着环洱海骑行，想到当年没有跟着师兄们骑行西藏，于是想，不妨尝试下骑行，如果体力允许，就放肆地骑行滇藏线。

第二天，我花了50块钱租了台山地车，毫无准备地骑出了大理城。从大理到喜洲，一路油菜花开，倒也惬意。我总是停下车拍照，老陈就坐在路边等我。那时我才意识到他没有带相机，手机也

没有照相功能。他说他只想用眼睛看，拍不拍照无所谓。那时我并不理解老陈的话。多年后我才意识到，有些路是用来拍照的，而有些路是用来感受的。

我严重低估了骑行这件事，由于没有任何准备直接出发。抵达双廊的时候我肌肉酸疼，屁股几乎要被磨成八瓣。老陈乐着说还是徒步靠谱吧，我说还是坐车靠谱。那时去双廊的年轻人都住在海地生活客栈，一间面朝洱海、春暖花开的客栈。来自各地的朋友点起篝火，唱歌跳舞讲故事。他们讲述各自的旅行见闻，而我只能拿起吉他嘚瑟一番。我曾经的那些旅行都微不足道，我只盼望接下来的旅行可以成为以后的谈资，但万万没想到若干年后，我可以去不同城市给数以万计的人讲故事。

对于描述风景，我的没文化暴露无遗，上学学的那点形容词根本用不上。如果非要表达风光景致之美，那就只能说脏话了。尽管如今读了点书，但对于当年的景致，还是用当年的表达方式来讲述吧。

后来我去过三次双廊，对于这个小镇一直充满感情。如今时过境迁，双廊大小客栈林立，没有了往日的宁静。多少美丽的地方因为过度商业开发失去了本该有的样子。庆幸的是，在它未被人所熟知之前，我抵达过。

从双廊骑行回大理的路上，没了来时的新鲜劲，不再停下拍照，我只想快点骑到目的地休息。半路上一位来自广东的姑娘奉献了她的“神器”给我，让屁股和脚掌与自行车之间有了缓冲。这个被广大驴友封为旅行必备的“神器”就是卫生巾。

结束了环洱海骑行之后，我彻底放弃了骑行去西藏的想法。从小到大，我玩的都是手上功夫，书法、绘画、摄影，唯独体育不行。老陈依然不放弃忽悠我与他同行，一路上都说徒步好，想走就走，想停就停。

老陈，你继续等还是先到丽江再说？我问他。

和你去丽江吧，那里旅行的人多，机会大一些。他说。

我和老陈登上了前往丽江的大巴车。

徒步进藏的老陈，滴答滴的丽江古城

我和老陈到达丽江之后，恰好遇到同车的两个人要去束河的K2青年旅社。在大理的迷茫之后，也算找到了一些门道，装出一副老驴的样子跟着大家混。K2的小院子里坐满了人，似乎每个人都在聊西藏。我说老陈你有希望了，他们都是去西藏的。老陈倒是不惊不喜，说一切随缘。同屋住着一个德国人，拿着一本LP（*Lonely Plante*，著名旅行指南系列）问我丽江有啥好玩的。我这半桶水的英文根本无法表达清楚，但一想他是德国人，可能英文也就半桶水。于是我们两个人用单词聊了半小时，他居然明白了该如何去他想去的地方。后来每次出国，我都是凭着单词走天下。语言这东西，很多时候不需要表达得多么完整，肢体语言也很有用。但因此闹出的笑话，也绝对不少。如果让我重新学习，我一定会学好语言，更深层次的交流才能更深入地了解当地的风土人情。

那时的丽江古城刚火起来，但因距离市区较近，所以喧闹无比。各种酒吧、小商品店都放着一首“滴答滴”的歌曲，于是无论什么时候，我的脑子里都是“滴答滴”。本就对古城无感的我，从那时候起对丽江就没有好印象。但有一个名字我记住了，那就是玉龙雪山，因为那是我第一次看到雪山。冥冥之中有个声音告诉我，接下来的旅行，我会见识到什么是真正的雪山。

由于实在受不了丽江的喧闹，我决定去泸沽湖。老陈说他想再等两天，等不到就自己出发。道一句珍重，说句再见。可到今天却再也没见。

曾经对于古城的无感源自内心的空虚，心中没有世界时总能感觉到嘈杂。如今的我，即便身处嘈杂的环境中，一杯茶、一本书，也可以让自己置身世外。

泸沽湖，陌生人的三人床

旅行路上会遇到很多人，不问出身、职业，只关心旅行本身。于是人与人的相处变得无比简单。即便是短暂相处，也能让人铭记。

丽江到泸沽湖，山路蜿蜒颠簸。沿途没有什么风景，直到垭口处才看到那抹蓝色。在横断山区的众多湖泊中，泸沽湖因景致优美及文化的特殊性而独树一帜。在漫长岁月的与世隔绝中，这里保留了摩梭人的神秘，让世人浮想联翩。不过以今天的目光审视，摩梭人男不婚女不嫁的母系走婚，也不过是他们的生活方式而已。过多的渲染无非是旅游开发的噱头，倒不如坐在湖边晒晒太阳更惬意。

坐在我前面的小哥抱着一本英文书看了一路，我看他一副亚洲人的面孔，也不好意思用我那半桶水的英文搭讪。午饭时他主动叫我坐一起，原来会说中文的。他叫Lius，是来自新加坡的华人，在北京生活工作。独自旅行过许多国家和地区。我问他，你觉得中国怎么样？他说想去西藏看看，听说那里有中国最美的风景。

如果是现在，我们随时可以提前预订酒店。但几年前，只能靠运气，没有房间就露宿街头。那时的泸沽湖只有三个客栈和一间青旅。我和Luis办理住宿的时候，旁边的一位女生却因为晚到没有了房间。

女生突然说，我能和你们住一起吗？我看了看Luis，他似乎并

无意见，而我却有点不知所措。

Luis说，你不介意的话没问题的。随后他告诉我，在国外旅行，这样的情况司空见惯，你别想歪了。于是我们三个把标间的床拼到一起，我和Luis睡床上，腾出的空间给她睡睡袋。或许是我初出茅庐，不懂世事，或许是我依旧世俗，并不懂得陌生人之间亦可如此纯粹。接下来的旅行，一直到梅里雪山，我们都相约住在一间屋子里。

她叫雪君，来自上海，资深户外驴友，我们叫她老佛爷。我说，老佛爷，你难道不怕我们俩是坏人吗？老佛爷说，就你俩这嫩样儿，你们应该担心我是坏人。

清澈的湖水、漫山遍野的野花、味道鲜美的烤肉、摩梭人的热情、格姆女神山的索道，这些记忆伴随着三个陌生人的笑声，停留在了2010年的那个午后。

我们约定一起去西藏，一起去看世界，可多年以后，约定还只停留在约定。人的一生会有很多约定，可能够实现的又有多少？后来，经常有人问我什么时候出发，我回答没有计划。因为我知道，最好的约定是没有约定，不会因为没能履行而变成奢望。

我们回到丽江，老陈依旧没有找到同路人。我说，要不和我们一起去梅里吧，那里距离西藏近，应该能遇到。老陈说，永远都会有下一个地方，再这么下去，就不用徒步了。

老陈在整夜无眠之后选择了独自上路，他给我发了一条信息：拉萨见。后来当我到了拉萨，给他打了电话，我想告诉他我到了，但没有打通。六个月后的一天，老陈给我发了信息：我走到了，终于走到了。

老陈最终用自己的方式一步一个脚印地走完滇藏线，没有留下一张照片，没有把自己的故事告诉任何人。我不知道他究竟经历了什么，而我们也总是习惯在看到别人做出不同寻常的事情之后，开始怀疑对方是否受过什么刺激。可是和老陈接触的日子里，他一直都是乐观的，他享受自己的独处，他的世界早已超脱了世俗。

不是香格里拉的香格里拉

香格里拉，是一个让人充满无限遐想的名字。1928年3月，美国探险家约瑟夫·洛克从木里出发，穿越稻城、亚丁等地，深入贡嘎岭地区。他在两次穿越了稻城亚丁之后，于美国《国家地理杂志》发表了他撰写的文章和拍摄的照片。1933年4月，美籍英国作家詹姆斯·希尔顿以约瑟夫·洛克穿越时的文章和照片为素材，尤其是洛克穿越贡嘎岭三座神山——仙乃日、央迈勇和夏诺多吉的探险经历，创作了著名的小说《消失的地平线》。后来，人们将小说中所描述的世外桃源称为“香格里拉”，所以香格里拉泛指整个横断山脉地区。

我和Luis、雪君住在香格里拉的格桑花开青年旅社，我们到的时候，大堂的沙发上睡着一个小姑娘。在泸沽湖的时候，她就总跑到我们房间里玩耍，她妈妈说在这里高反了，终于安静了。

初到香格里拉时，发现这里又是古城，不免有点失落。可是它又是不同的。这里有巨大的转经筒，有松赞林寺，信仰让这个小城多了一份神秘。那时的古城保存完好，街道两旁没有那么多小商品店铺，也没有喧闹的酒吧。那时的古城更像圣徒的生活空间，而不是如今的商业领地。我们在转经筒下面的一家餐厅吃饭，老板说香格里拉最美的季节是秋季，最美的风景在山的另一边。因为雪君时间有限，我们匆匆而过。Luis买了一件藏袍带着，说要去西藏穿。

噶丹松赞林寺始建于公元 1674 年，是云南省规模最大的藏传佛教寺庙。“噶丹”在佛语中意为“兜率天”，即弥勒净土；“松赞”即天界三神游戏的场所；“林”为“洲”之意。松赞林寺仿拉萨布达拉宫布局，依山层叠而建，气势非凡，有小布达拉宫之称。

寺庙为五层藏式雕楼建筑，主殿上层为镀金铜顶，同时又具汉式寺庙建筑风格。

后来我又在不同的时间抵达这里三次。2012年，我住在纳帕海草原上的老谢车马青旅，窗外就是石卡雪山。纳帕海草原和普达措白雪茫茫，未见真容。2017年3月，纳帕海草原上的客栈因环境保护全部关停。2017年10月我再次来到这里，终于拍摄到了纳帕海的夕阳和松赞林寺的晨光。这世界上，总有一些地方值得我们不停前往，因为不同季节，风景各不相同。对于摄影人而言，拍不到自己想要的画面，总感觉像从未抵达一般。

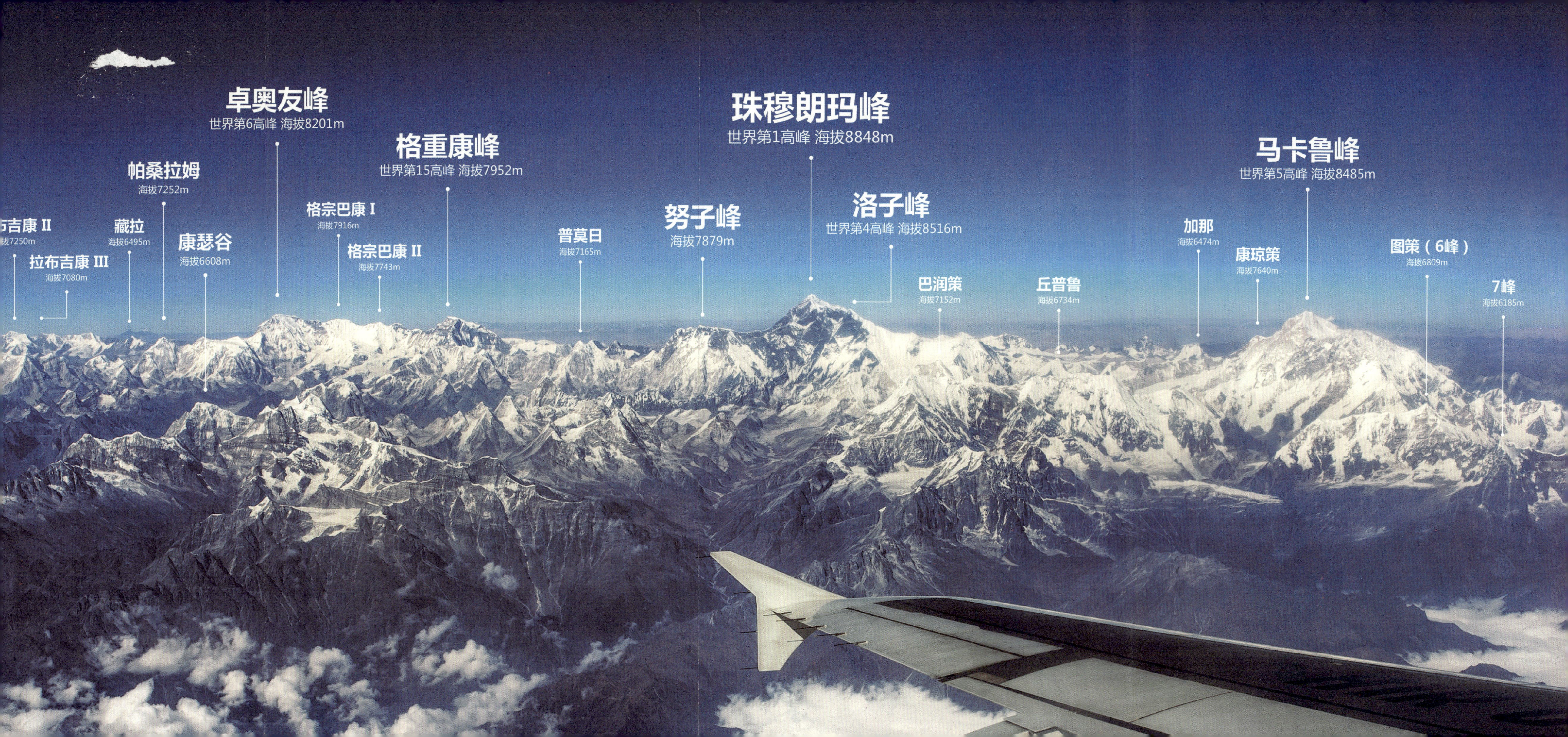

卓奥友峰
世界第6高峰 海拔8201m
珠穆朗玛峰
世界第1高峰 海拔8848m
格重康峰
世界第15高峰 海拔7952m
马卡鲁峰
世界第5高峰 海拔8485m
帕桑拉姆
海拔7252m
洛子峰
世界第4高峰 海拔8516m
格宗巴康 I
海拔7916m
努子峰
海拔7879m
吉康 II
拔7250m
藏拉
海拔6495m
康瑟谷
海拔6608m
普莫日
海拔7165m
加那
海拔6474m
图策（6峰）
海拔6809m
格宗巴康 II
海拔7743m
康琼策
海拔7640m
拉布吉康 III
海拔7080m
巴润策
海拔7152m
丘普鲁
海拔6734m
7峰
海拔6185m

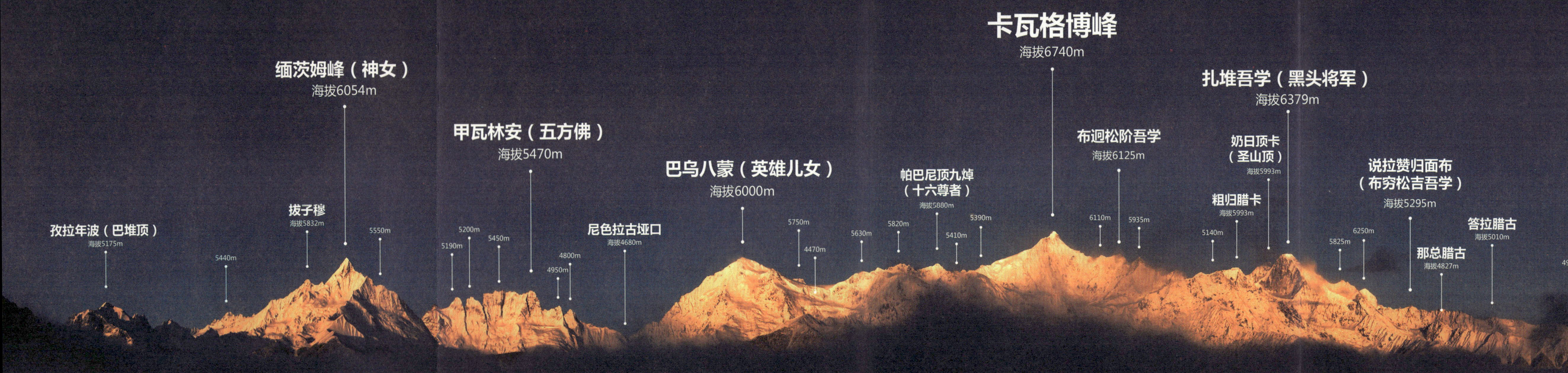

孜拉年波（巴堆顶）
海拔5175m
5440m
拔子穆
海拔5832m
缅茨姆峰（神女）
海拔6054m
5550m
5190m
5200m
5450m
甲瓦林安（五方佛）
海拔5470m
4950m
4800m
尼色拉古垭口
海拔4680m
巴乌八蒙（英雄儿女）
海拔6000m
5750m
4470m
5630m
5820m
帕巴尼顶九焯
（十六尊者）
海拔5880m
5410m
5390m
卡瓦格博峰
海拔6740m
6110m
布迥松阶吾学
海拔6125m
5935m
5140m
粗归腊卡
海拔5993m
奶日顶卡
（圣山顶）
海拔5993m
扎堆吾学（黑头将军）
海拔6379m
5825m
6250m
说拉赞归面布
（布穷松吉吾学）
海拔5295m
那总腊古
海拔4827m
答拉腊古
海拔5010m

拉岗日 III
海拔6824m
卡热疆 I
海拔7221m
卡热疆 II
海拔7018m
康米岗日
海拔6412m
5930m
5990m
6260m
6350m
过拉卡日
海拔6497m
5540m
5390m
假打热
海拔5190m
白玛林措
海拔4510m
折公措
海拔4735m
介久措
海拔4740m

白里峰
海拔6806m
TIBA KANGRI S.
海拔6806m
P APPROX.
海拔6600m
SENDAPU
海拔6812m
加拉白垒峰
海拔7294m
NW II 海拔7344m
NW III 海拔7146m
LANGJIAPU 海拔6939m
海拔6442m
南迦巴瓦峰
海拔7294m
乃彭峰
海拔7043m
多雄拉峰
海拔5334m
多雄拉
海拔4115m

卡瓦格博，我看见了

比尔·比福德在《2010年最佳美国游记》的序言中说：游记作家的公理是“我看见了，你没看见”。

我们离开香格里拉抵达飞来寺后，选择了一间可以看到雪山的客栈。大家都说想要看到梅里雪山是需要运气的。就连客栈老板都说，他经常看不到梅里的真容。晚上，我们在梅里往事餐吧里看了关于攀登梅里雪山的纪录片，了解了那一段颇具传奇色彩的登山往事，而后得知，梅里雪山是世界上唯一一座法律明文禁止攀登的雪山。它的巍峨加上这些传奇的故事，让梅里变得独一无二。我们祈祷神山能够眷顾这三个因旅行相识的人。

梅里雪山是云南省乃至世界最壮观的雪山群之一，主峰卡瓦格博海拔6740米，为云南最高峰，当地的藏族人称之为“绒赞卡瓦格博”，意为“白色的雪山之神”，是藏传佛教八大神山之一。卡瓦格博和周围诸峰被称为“太子十三峰”，其实不只是这13座雪峰，

而是较多山峰的统称，比较有名的有缅茨姆峰（神女峰）、吉娃仁安峰（五佛冠峰）、布迥松阶吾学峰（十六尊者峰）、玛兵扎拉旺堆峰（战神峰）、说拉赞归面布峰（红脸厉神峰）等。其中海拔6054米的缅茨姆峰以其完美的山形傲立于群峰之中，相传为卡瓦格博的妻子。卡瓦格博是藏传佛教的朝觐圣地，每年都有成千上万的信徒前来转山朝圣，转山路线分为内转和外转两条，内转大约需要4天，外转通常需要13天。相传梅里雪山属羊，若逢藏历羊年，转经者更是人数倍增。

清晨，睡眼蒙眬。屋外传来了各种尖叫声，我以为着火了，赶紧爬起来拉开窗帘。房子没着火，山“着火”了。大自然把瞬息万变的色彩挥洒在雪山之巅，天地之间光芒万丈，峰顶仿佛镶上了金边，十三峰慢慢呈现。有多少人来此地都只为这一刹那的夺目，而又有多少人无缘得见。

卡瓦格博，我看见了！在自然面前，人多么渺小，多么不足为道。就像卡瓦格博峰，终究也没有人能够站在它的顶点。那些登山的人能征服的不过是自己，自然面前，谈何征服雪山。

徒步雨崩，让旅行回归本初

为了更深入地与神山近距离接触，我们打算徒步去雨崩村，于是就有了我人生的第一次徒步旅行。

雨崩村坐落在梅里雪山脚下，是梅里内转经道上的必经之路，被称为“梅里雪山下的旷世桃源”。那天我们在飞来寺闲逛，看到陆续有人包车出发，上前询问得知他们要去雨崩村徒步。在此之前，我对于雨崩村、高原徒步完全没有概念。客栈老板说，如果你想近距离地拍摄到日照金山，雨崩村必须去。于是我们收拾了全部行李坐上了小巴车，风尘仆仆地前往雨崩村。村脚下，来自各地的徒步者正在陆续出发，起点处有骡马出租。那时候的我们，并不知道接下来的路有怎样的困难，所以我们放弃了租骡马驮行李，而是选择了负重前往。

恰逢那天下雨，道路湿滑，本就难走的山路变得更加泥泞，再加之我们都没有穿专业的徒步鞋，简直是一场灾难。那个时候才终于意识到骡马的重要性，可中途的骡马是不允许接活的。我们缓慢地前行，举步维艰。山上每一个返程的人都会笑眯眯地对你说“快到了”，即便是在山脚出发的时候。简单的一句话像一针兴奋剂，能够持续一段时间，在快要失效的时候再被打一针，或许这便是徒步者之间最好的鼓励方式吧。我们在海拔4000多米的山路上就这样咬着牙行走了将近6个小时，快到垭口的时候，Luis接过我的相机包，雪君接过我的背包，终于抵达了垭口。每一位到达垭口的人，得到的最大奖励就是一碗热腾腾的泡面。垭口的茶馆里，老板用吃完的泡面桶垒起高墙。你看，人多容易满足。在经历了短暂的身体折磨之后，一碗泡面就忘记了全部委屈。站在垭口，看雨崩村无限的风光，看近在咫尺的梅里雪山，过去几个小时所经历的身体之痛瞬间烟消云散。由此才懂得何为“眼睛上天堂，身体下地狱”。

当你没有退路只能前行，当你没有第二种选择的时候，人的

潜能会被挖掘并无限放大。就像那天在洱海的骑行，如果我再多一些坚持，也许能骑得更远。在此之后，我又徒步了多条线路，每当感觉快要坚持不下去的时候，就会想起雨崩这条无法回头的负重之路，不过是短暂的身体辛劳，咬咬牙总会过去。相比身体的累，内心的绝望才更可怕。

或许老天是眷顾我们的，在雨崩村的那个清晨，我们看到了梅

里的日照金山。生活在朝九晚五里，不谈谈房子、车子、票子，话题似乎就没法继续。或许，生活中还应该有一些物质之外的希望，能够在钢筋水泥的丛林里看到梅里的金光，能够在繁杂琐碎的日子里看到入云的山峰。

回到飞来寺的三天里，梅里雪山再也没有露出真容。

即将抵达，却不得不说再见

在领略了梅里的庄严肃穆后，我开始向往更高的山，向往更远的远方。我要去西藏。

后来贾哥和嫂子从珠海出发到飞来寺与我们会合，可惜梅里雪山不给面子，他们只看到了卡瓦格博的腰。

离别之前，我们跟Luis一起去了盐井，吃那里最出名的加加面。所谓加加面就是一筷子的分量是一碗，吃完再加，看到底能吃多少碗。那天我玩命吃，也只吃了12碗。2017年春天，我再次来到盐井，因为知道午饭要吃加加面，所以早餐也没吃，最终吃了36碗。标哥在早餐吃了两大碗米粉的情况下，坚持战斗了46碗。老板说店里的纪录是147碗，一个骑行川藏线的小伙儿创造的纪录至今无人能破。老板开玩笑说，如果谁破了这个纪录就把女儿嫁给他，嫁妆是60头牦牛。可惜我的饭量没那么大，迎娶美女、赶着牦牛过日子的希望算是破灭了。

后来听说Luis搭了一台货车，走了整整18个小时返回了丽江。送别Luis，我和贾哥两口子继续前进。那时候的滇藏线多数是土路，一路尘土飞扬，翻山越岭，冷暖交叠，简直就是一日四季。而你看现在，滇藏线和川藏线已经是全程柏油路。虽没有了当初的刺激，但多了份安全保障，不变的，依旧是动人心魄的大美风景。

那天我们离开盐井直奔芒康，抵达滇藏和川藏线的交会点。2018年1月我再到芒康，小城已经变得分外繁华，不再是当初那个小县城。整个317国道和318国道路上的县城都已经不是当年的样子了。对于旅者而言，有了更好的住宿条件、可口的饭菜，最重要的是，每天都能洗上一个解乏的热水澡。想想当初睡睡袋的日子，如今的进藏之路可真奢侈。

川藏南线：
磕长头，为了世界和平

老师没有告诉我，读书可以更好地书写人生

2010年，我第一次进藏走的是滇藏线，2015年走了川藏北线，2017年走了川藏南线。芒康就是滇藏线和川藏线的交会处。时间暂时快进到2017年10月，我先来讲述川藏南线的故事。

都说少不入川，老不出川。这些年，我去过很多次成都，也曾在成都的大街小巷溜达，在小酒馆里喝了又喝。成都是一个来了就不想走的城市。这里的人们知道如何享受生活，他们自在悠闲，周末就驾车去无数风景美好的地方溜达。我喜欢成都的热情如火，我喜欢成都的慢节奏，更喜欢那条从成都去往西藏的路——318国道。

川藏南线是最著名的进藏路线，沿着 318 国道从成都至拉萨，全长2142公里。这条被《中国国家地理》评选为中国最美景观大道的线路，拥有得天独厚的自然景观，行走在川藏线上，一日几重天，与雨雪冰雹、四季相遇，还有不容忽视的泥石流和塌方的危险，一路未知是川藏线的魅力所在。

318国道的起点是上海人民广场，终点是珠穆朗玛峰，这是一条承载了无数人奇妙故事的公路，或许他们每个人的故事都可以写一本荡气回肠的书。于我而言，多年后才踏上这条路，弥补当年的缺憾，似乎少了些年少的轻狂和勇气。那时候没有钱，一路上能省就省，我甚至住过8块钱一晚的小旅馆，每天吃最便宜的饭菜，和

各种小伙伴搭伙前行，行囊再沉重也不觉得累，每天都充满好奇，一路带着欢笑前行。而今，怕晚上睡不好，走到哪里都要寻找当地最好的酒店。朋友们一起出行，租最好的车子，没有任何难度地前进。相对于背包旅行，自驾旅行少了些许陌生人的故事。唯一还保留的项目是，每次出去总要徒步那么一天两天。除此之外，汽车代替了脚步，无人机代替了登山。

旅行就是这样，因为年少无知才能无畏，因为一无所有才无所谓。成长的代价是慢慢忘却那些无畏，惦记这个担心那个，以至于当初的潇洒永远停留在了文字里。我经常梦到自己再次一无所有，再次义无反顾。可梦醒的时候才知道，不过是个梦。我多么怀念当初的自己，坚决而不妥协。你看，这就是人生，而立之年之后最爱回忆青春。

从成都进藏有两条线路，一条是向北途经色达的川藏北线，一条是经新都桥的川藏南线。走川藏南线只为了那个人们心中的日月——大香格里拉，去看当年洛克梦中的香巴拉，稻城亚丁。

这次旅行是和我的高中同学明宇一起，在这之前他和家人多次来过四川，他说这一次想换一种方式再走一遍。可明明几个月前，在结束了乡城徒步后，他说再也不和我一起玩了。你看，还是最原始的旅行方式最让人铭记。在每次旅行过后，通常我们记住的不是最好的酒店、最好的风景，而是路上所经历的那些苦难，因为只有苦难才容易娓娓道来。

国庆出行，为了避开大队人马，我们选择了前往丹巴。三年前我曾一个人背包来到这里，现在那个曾经安静的小村子变得车水马龙。熟悉的街道边缘高楼林立，客栈的大堂里摆满了帐篷，前往美人谷的路边停满了车。曾经静下来赏风景的心情，也因人流的喧闹而变得想要逃离。

从丹巴去往稻城的路上经过著名的雅拉神山和塔公草原。雅

拉神山藏语意为“东方的白牦牛”，海拔 5820 米，与贡嘎山遥遥相望。雅拉雪山从塔公草原拔地而起，巍峨壮观，峰顶终年积雪，被称为“第二香巴拉”。其南侧不远处的雪山被称为“雅姆”，意为“白色的莲花”。当地人将雅拉称为大炮山，将雅姆称为大炮南山，因为雅拉山北坡雪崩时发出的巨响，就像多门大炮同时轰炸，在塔公草原上传得很远。

在拍雅拉雪山时，朵朵站在我的身边挽着我的胳膊，我突然觉得如果自己有个女儿该多好。我可以带着她出来看世界，可以教她摄影，可以给她讲述自己的故事。朵朵是谁？12岁的朵朵精力旺盛，大路从来不走，只走偏门小道，“00后”的世界我们不懂。13岁的小宝腿长及标哥的胸，出来玩一心惦记着未完成的作业。8岁的东东徒步稻城时，一路哭着说我不想走，可也最终抵达目的地。他们是我在旅行途中相识的旅伴。我在他们这个年纪，完全不知道外面世界的样子。我的家乡有草原、河流、沙漠、星空，我一直以为那是全世界。直到离开家才发现，世界这么大，我希望自己的孩子能够像他们一样，喜欢自然，喜欢旅行，从小就来看世界。

好友老极带着3岁的辛巴，历时185天，途经12个国家去看北极熊。辛巴5岁时，历时146天，纵穿南美洲去南极看企鹅。辛巴是这个地球上跑得很远很远的中国小屁孩，老极说趁你还小，趁我未老，我们一起去野吧！老极和辛巴在他们的书《别叫他宝贝，他是行者辛巴》的扉页上写道：

索以，一息尚存，从吾所好。

说到成长，读书的时候老师告诉我，好好读书将来过上好日子。但没告诉我，好好读书将来表达感情的时候可以文采飞扬，也没告诉我，读书可以更好地书写人生。这是题外话，接着说塔公草原。

“十一”的塔公草原人满为患，天边的晚霞映衬在塔公寺的

金顶之上。相机的取景器里，上半部分景色优美，下半部分人头攒动。无奈只能拍点特写，然后默默告诉自己，以后法定假期千万不要出来凑热闹。

塔公寺位于康定县塔公乡，“塔公”在藏语中意为“佛菩萨喜欢的地方”，塔公寺也被称为“一见解脱如意寺”，是藏传佛教萨

迦派的著名寺庙之一，距今已有一千多年的历史。寺内保存有一尊与拉萨大昭寺相同的释迦牟尼像，因为有“凡愿到西藏拉萨朝圣而未能如愿者，朝拜康藏塔公寺释迦牟尼像亦具有同等效果和功德”的说法，所以塔公寺又有“小大昭寺”之称。

大香格里拉，心中有日月

偏离318国道150公里之处的稻城亚丁，坐落着央迈勇、夏诺多吉、仙乃日三座神山。神山和圣湖是梦中的香巴拉之地。它的景致保持着在地球上几近绝迹的纯粹，因其独特的地貌和原生态的自然风光，被誉为“香格里拉之魂”和“最后的香格里拉”，被国际友人誉为“水蓝色星球上的最后一

片净土”。

多年以前就听说过这个地方，可惜一直未能前来。因为国庆期间人山人海，再加上我们偷懒没能早起，当我们抵达时，这里已经挤满了游人，消耗了我们大量时间和精力。第二天4点钟起床进入景区，看到了口照金山的夏诺多吉、轻雾缥缈的珍珠海，总算弥补了些遗憾。可如果放在多年前，我一定会背着器材爬着小山、走着小路，寻觅不同角度的风景，没有大巴车、电瓶车，以最原始的方式感受这片秘境香巴拉。可现在面对如此人满为患的局面，我甚至失去了行走的动力和拍摄的兴致，来去都匆匆。

离开稻城亚丁后我们去往大香格里拉，途经乡城，这是一处尚未被旅游开发的处女地。“白色藏房”是乡城三绝之一，也是乡城最重要的人文品牌。其藏式建筑独具一格，乡城人在长期的生产生活中，融合了纳西族、汉族等民族建筑艺术特点，形成了与康巴高原其他地方乃至与整个藏区相比更为独具特色的建筑风格。

当地人说，除了白色藏房外，这里还有“巴姆七湖”，至今也没有什么照片资料。在藏语中，巴姆的意思是“骑虎观音”，巴姆七湖也称“香巴拉七湖”，位于乡城县水洼乡，这里有 32 座海拔 4000 米以上的山峰，冰蚀地貌十分明显。古冰期结束之后，冰川退去，留下了大大小小的高山海子。据统计，乡城县境内高山湖泊有

44个，而单在巴姆七湖景区内，便分布着23个。其中最著名的当属日朗央措七海和次仁措，巴姆七湖指的就是日朗央措七海。次仁措在相隔不远的另一条山沟中，也是当地的圣湖。巴姆七湖呈阶梯状分布于山谷之中，串珠相连，间以壮美瀑布相接，湖水清澈如镜，随季节和天气变幻莫测，湖周生态原始，植被丰富绚丽。

我总是喜欢这些奇奇怪怪没有人烟的地方，似乎只有这样的地方才能感受到自虐行之后的身心愉悦。我们恳求当地去过七湖的老乡，开着他的五菱神车一路到山脚下。老乡说，几乎没有游客来这里，没有路，只能徒步进去，可是老乡没说，连徒步的路都没有。我们在充满泥石和荆棘的路上走了4个小时，到达了第一个湖的湖边，明宇已近奔溃。但在我们的不断鼓励下，又继续前行了2小时到达山下。但最终，他还是选择了放弃，跟着老乡返回。我和其他几个人继续前进。直到湖的最深处。越往里走路越危险，进来之前老乡就说前些日子有人被棕熊伤到，为了安全他再三叮嘱我们一定要原路返回。我用无人机拍摄了一些七湖的照片，如果能够走到山顶，就能看到稻城亚丁的三座神山，山前便是连在一起的7个高原湖

泊。日朗央措七海子，间以瀑布相连，飞溅的瀑布与宁静的海子构成了世间罕见的景致。景区内长达9公里左右的大果落叶松长廊营造的秋景，规模及观赏性都极罕见。

回到起点，明宇说他返程的路上遇到一群牦牛，因为自己穿了一件红色冲锋衣，于是撒腿就跑，2个小时便抵达了。我说你看，你哪里是走不动，分明是动力不够。以后徒步我带条狗追着你，保证哪儿都能到。

关于徒步，我想强调的是，户外探险一定要做足功课，要有完善的装备并做好人员保障。切不可轻易前往，否则会有生命危险。旅行不是为了寻求盲目的刺激，盲目的探索可能会带来严重的后果，我们不需要吹牛的谈资，安全抵达更令人欣喜。

磕长头，为了世界和平

时间再拉回到2010年10月。

川藏线与滇藏线在芒康交会。川藏线除了壮美的风景之外，还有这样一群人——虔诚的朝圣者。他们身着破旧牛皮围裙，手上套着木屐，朝着圣城拉萨的方向磕着长头。他们用身体的长度丈量朝圣之路的长度，他们用身体力行告诉路过的旅者，这才是最无解的进藏方式。

或许是城市中生活了太久，总是不愿意去相信一些事情，直到真实遇见。

我遇到的第一队朝圣者是在左贡到邦达的路上，原本无意打扰，他们却热情地邀请我们到帐篷里喝茶。在这些藏族人里，有2个

人会汉语，简单地交流得知，他们8人来自四川，花了4个月时间从甘孜走到这里。随行有一辆物资车，提前扎好帐篷、做好饭等待他们到达。他们说祖辈们都是这样结伴朝圣，从四川到拉萨最快也要五六个月，最长可能要走两年。

在环境恶劣、物质匮乏的高原，无论神灵会给他们何种回报，他们都在用行动诠释生命。迎着风雪，踏着荆棘，朝圣的信念不曾动摇。

我问他们为什么去朝圣？他们平静地回答，为了世界和平。

我无法表达自己的感受，因为这样一句在我们看来是玩笑的话语，他们却说得如此铿锵又朴素。

还有另外一家人，有老人和孩子，他们同样来自四川，用了8个月才到达八宿。在征得了他们同意之后，我拍下了朝圣的孩子。透过那清澈的眼神、额头上的伤疤，我看到了他们心中的和平世界。

就在我们要离开的时候，爸爸从车上抱出一个刚出生40天的婴儿。爸爸说，孩子是在朝拜的路上生的，妈妈在怀孕的时候依然虔诚地拜着，产后仍然坚持着。2017年，《冈仁波齐》上映，许多人曾问我，影片中的婴儿是真的吗？我给他们看照片——这是我目睹的、最真实的存在。

对于他们而言，漫长的朝圣路只是生活的一部分。艰苦与虔诚都是我们赋予的形容词，我们把朝圣想象成了超脱。对我们来说，生活何尝不是一种修行。拥挤的城市，不大的办公桌，朝九晚五。为生活奔忙，就像磕长头，只不过信仰的内容不同罢了。他们的信仰关乎生死，关乎今生和来世。我们的信仰关乎家庭、理想、爱情。

张扬导演在电影花絮中说："这个世界上没有什么生活方式是完全正确的，但若干年后，人们仍可以从这部影片里，看到有一个民族还这样生活过。神山圣湖不是终点，接受平凡的自我，但不放弃平凡的理想和信仰，热爱生活，我们都在路上。"

翻山越岭，看四季更迭

从芒康到左贡，当我们走到拉乌山时，车的避震器损坏了，在继续前进和返回修车的抉择中，我们选择返回，于是便有了夜过东达山的难忘经历。东达山被称为“生命禁区”，海拔5130米，夜里听到的最大声响来自奔腾的澜沧江。

那时的东达山正在修路，导航上是密密麻麻的弯曲路线。车灯能照射的范围往往只到下一个转弯，安全起见，我们的车以30迈的

速度行进。整座山里只有我们一台车，抵达左贡已是凌晨2点。夜晚在危险路段驾车，不但考验驾驶员的技术，更是一个非常消耗精力的事，所以，如果有条件和时间，应尽量避免在夜间走这些路段，以降低事故率。

休一夜，第二天我们继续上路。左贡经邦达到然乌湖的路上，有川藏线最著名的“怒江72拐”，也有“业拉山108拐”的说法。

从广袤的邦达草原到奔腾的怒江沿岸，从海拔4618米的山口直降近2000米到海拔2740米。路上遇到骑行的驴友，他们开玩笑说，走这条路最费的不是自行车胎而是鞋底，因为坡度较陡，需要用脚辅助刹车。

我第一次到然乌湖是2010年10月下旬，湖水泛黄，景色全无。2017年3月，我再次来到然乌湖，才拍到最美的日出和然乌倒影。然乌湖的西南有岗日嘎布雪山，南有阿扎贡拉冰川，东北方向有伯舒拉岭，四周雪山的冰雪融水构成了然乌湖主要的补给水源。它是著名的帕隆藏布江的主要源头。然乌在藏语中意为“尸体堆积在一起”，名字虽恐怖，却是川藏线上绝美的风景。相传，然乌湖中住着一头水牛，湖岸上生活着一头黄牛，两头牛互不相让，时常互相

顶着较量。两头牛死后，尸体化为湖岸两边的大山，然乌湖就夹在两山之间。然乌湖海拔3850 米，整个湖分为上、中、下三段，分别被称为安贡措（湖）、然乌湖、安目措（湖）。

来古冰川

来古冰川为一组冰川的统称，几条巨大的冰川汇聚成如同车辙印一般长长的冰舌。来古一名来源于紧邻冰川的来古村，在藏语中意为“隐藏着的世外桃源般的村落”。来古冰川是帕隆藏布江的源头，冰川融水流进然乌湖。深入来古你才能体会然乌湖真正的美，春天你会看到雪山映衬下清澈如镜的然乌湖，秋天这里则是漫山遍野的火红与金黄色。

离开然乌抵达波密，我们找到一间青年旅社，那是我住过的人

最多的青旅。进门左右两边两间房，每间房12张床，男女分开。那天晚上一个哥们儿呼噜打得震天响，所有人都无法入睡，无奈我们只能坐在青旅的院子里，一直聊到凌晨5点，天空已泛白。

那个40岁出头的大哥胡子拉碴，一看就是有故事的人。他来自青岛，是个语文老师，若干年前来到西藏就再也没回去，在波密附近的一个学校支教。他说这是他一直想做的事，现在终于实现了，眼神里透着喜悦和满足。还有位诗人，出来找灵感。他说他家的墙上挂着一幅中国地图，然后闭着眼睛扔飞镖，丢到哪里就去哪里。或许这也是一种方式吧，如果不能迈出脚步，就让命运决定何时起步。在听大家讲故事的时候，我给大家讲了这一路遇到的人和事。仅仅数日，我已不再是单纯的聆听者，而成了故事的讲述者。分享经历，让人生的每个阶段都值得回味。这就是旅行给我的。

2018年1月，我再次开着车走在波密的小路上，两侧的树木被阳光照射得泛出金光，我用无人机拍下了一组照片。相比城市的喧嚣，这样的场景似乎更有旅行的味道。呼吸着新鲜空气，自由驰骋在高原上，那一刻，我似乎懂了什么是自由。

波密附近有个徒步圣地叫墨脱，在雨崩徒步被虐时，就有人这样安慰我，得亏你走的不是墨脱，跟徒步墨脱相比，雨崩简直就是在城市里逛街。这个说法让我对墨脱有了一些神往——是那种刚被虐完还没缓过劲来就想接着被虐的感觉。可我们在波密的几天都是阴雨天，徒步墨脱的计划也因此搁浅，直到现在。虽然没去成，但我在客栈里遇到一位刚从墨脱走出来的上海姑娘，她叫小岛。后

来她搭我们的车到拉萨，一路双目无神，我们下车玩她就在车上睡觉。她说她在墨脱走傻了，那些天一直处于迷茫的状态。再后来，墨脱的公路修通了，这条经典的徒步路线也少有人去了。而墨脱的那些徒步故事，也永远停留在了游记里。

波密到林芝的路上会经过川藏线上最危险的一段路——通麦天险。那是从通麦镇到排龙乡的一条14公里的天险路段，又叫“通麦坟场”。14公里，平均要走两个小时左右。这里号称“亚洲第二大泥石流群”（甘肃省舟曲县号称亚洲第一大滑坡和泥石流多发地带），于是有人说，“川藏难，难于上西天”。走川藏南线，沿

线的山体土质较为疏松，高山滚石难以预料，且附近遍布着雪山河流，一遇风雨或冰雪融化，极易发生泥石流和塌方，加之路窄导致错车的空间极小，故通麦、排龙一线有“死亡路段”之称。

如今，通麦大桥巍峨耸立，天险已不再。至此，整个川藏线再无惊险。

十里桃花，刺穿天空的长矛

下一站，林芝。林芝在藏语中意为“太阳宝座”，地处藏东南雅鲁藏布江下游，平均海拔3000米左右，海拔最低处仅900米，气候湿润，景色宜人。林芝古称贡布，历史悠久，可以追溯到西藏的史前时期。这里居住着古时被称为“僜人”的门巴族和珞巴族等少数民族，这里有隐秘的“莲花圣地”墨脱。林芝还以世界上最深的雅鲁藏布大峡谷著称于世，并分布着世界上落差最大的垂直地貌，拥有异常丰富的植被及野生动物资源，原始自然风貌保存完好，是世界上仅存的绝少为人类涉足的净土之一，素有“东方的瑞士”“自然的绿色基因库”之称。

雅鲁藏布大峡谷从派镇的大渡卡村起，一直到墨脱县的巴昔卡村，在加拉白叠和南迦巴瓦峰两山的夹持下，形成了全长为504公里，平均深度2268米，最深处达6009米，平均海拔在3000米以上的世界第一大峡谷。整个峡谷地区冰川、绝壁、陡坡、泥石流和巨浪滔天的大河交错在一起，堪称“地球上最后的秘境”。

色季拉山属念青唐古拉山脉，是西藏林芝县东部与中西部的分界带，是尼洋河流域与帕隆藏布江的分水岭，为川藏公路南线所跨

越。海拔4728米，垭口可观日出、云海、无际的林海和远眺南迦巴瓦峰峻美的雄姿。色季拉山西坡的达则村旁的本日拉山，是西藏本教的圣地，为西藏四大神山之一，来此转山朝拜的人四季不绝，信徒来自四面八方。每逢藏历八月十日，还要举行一次规模盛大的转山活动，称为“娘布拉酥”，为请神求宝之意。

第一次进藏翻越色季拉山时，我并不知道山的那一边是南迦巴瓦峰和加拉白垒峰。我没做攻略，也没看任何目的地的照片，只想享受那独一无二的新鲜感，即使错过也不遗憾，因为知道这样的地方我还会来。后来，我又数次经过这里，拍了多张南迦巴瓦峰的照片，时至今日，南迦巴瓦依旧是我最喜欢的山峰之一。

南迦巴瓦的藏语意为“刺向蓝天的战矛”， 是喜马拉雅山东端最高峰，海拔 7782米，被《中国国家地理》评选为中国最美的雪山。南迦巴瓦并非像传闻中的那样是世界第 15大高峰，实际上，它只位列第 28位，真正的世界第15大高峰叫格重康峰，海拔 7952米。但它不仅以势逼蓝天的伟岸、险峻巍峨的山姿著称于世，更重

要的是，雅鲁藏布大峡谷那变幻莫测的气候使得南迦巴瓦在大多数时候都笼罩在云雾之中，成就了其难得一窥的神秘面容。很多人到过西藏数次，却仍无缘得见南迦巴瓦的高贵尊容。

都说林芝三月桃花开，可你是否知道，这里的桃花异于江南碧桃，俗称“野桃”，又名“西藏桃”，树高花繁，开得狂野，寿命可达千余年。一眼看过去，山下桃花盛开，山上万年积雪。

离开林芝后，经工布江达，我们抵达了川藏线的最后一个垭口——米拉山。这里有形形色色的人，有的人笑，有的人哭。笑着的人说终于到了，哭着的人说怎么就到了。

思金拉措

墨竹思金拉措，当地群众称之为“财主百龙之王”居住的神湖。位于墨竹工卡县日多乡东南、山南地区桑日县增期乡以北，距川藏公路（318国道）约6公里，距墨竹工卡县城66公里，距拉萨市区124公里，海拔4500米，藏语意为“具有威力的神湖”，地形犹如聚宝盆，四周群峰簇拥，湖中投入许多金银财宝以报神湖的恩赐。传说墨竹思金龙王以雪域财主的身份把财宝撒在大地上，撒满整个雪域山川，并用各种珍贵药材及树木、鲜花、野生动物将其点缀。神湖后面形如龟王的山上有莲花生大师修行的“仲巴”岩洞及许多历史悠久的

修禅静地和生成之物。神湖往东望去的山脉上驻有十六尊罗汉，东南边还可看见雪域著名的摸顶山，供世人膜拜。传说祭拜此神山能积累福运。思金拉措神湖的南边山脉犹如供奉的曼陀罗，西边山脉犹如大象背上的宝座。 山的左边可供祭拜黑湖，山的右边是前往神湖参观旅游的路口。在它的四周小湖泊星罗棋布，每个湖泊都有不同的象征意义和历史渊源，还有显灵的传说。在东面有象征五飞天的五个小湖，南面有象征六趣的六个湖，西面有象征八尊古如（莲花生大师八大变化身）的八个小湖，北面有象征“三怙主”的三个小湖。

川藏北线：红城看红尘

三十而立，感知世界

2014年的夏天，我告别了国企三年的打工生涯。

都说三十而立，可我的三十岁不想立得那么稳定。又过了三年的朝九晚五的生活，却依旧找不到活着的乐趣。每天重复着同样的事，拿着一份相对稳定的工资，我甚至已经看到了我老去时的样子。每个人都有自己的生活方式，选择自己想要的并不容易。有房子、有车子、有妻子孩子、有稳定的工作本就是幸福的一种，但这似乎不适合我。从小到大的独自生活，让我的性格有些孤僻，不擅长与人打交道，更不擅长职场的种种。只有做自己喜欢和擅长的事，才能让我变得相对“稳定”。

辞职后，原本打算彻底踏上旅行之路，但理智告诉我，很多事不能太武断。旅行，是需要一些物质基础的，放下一切去做一件难以维持生计的事，不是明智的选择。于是那一年，我开了自己的广告公司，取名索以传媒。两年的摸爬滚打，公司小有业绩，我也顺利成了有房有车的人。直到现在，我依然处于工作和旅行交替进行的状态，对旅行的渴望可以提高工作效率，对工作的认真可以增加旅行的砝码。在我的世界里，二者就这样相互促进又相伴。我从不渴望家财万贯，我只想过点儿小日子，享受一些小幸福。当我老了的时候，和老伙伴们聊天，还有这一生无尽的故事可以讲，足矣。

丹巴没有美人

泰鲁说，旅行时最好独自前往。契诃夫说，如果你害怕孤独，就别结婚。我说，如果害怕孤独，就别旅行。孤独，令人感到凄然的孤独，往往能填充我们的精神世界。

川藏北线即 317 国道，从那曲并入 109 国道抵达拉萨，全长 2361 公里。和川藏南线的喧闹景象相比，川藏北线显得冷清了许多，路途也更加艰险。如果说川藏南线是一场风光大餐，那么川藏北线则称得上是一场史诗般的朝圣之旅，让人在桑烟中穿行，在诵经的箴言声中感受信仰的力量。

2015年夏天，我和西藏假想敌（李翀）约定边坝见，给那里得了大骨节病的人送大米，于是我踏上了大名鼎鼎的317国道。

那时我公司发展得不错，经济条件也有所提升，但我们在成都仍然选择了住青年旅社，或许是想继续感受那种无知无畏的旅行。可2015年的青旅已经变成了胶囊公寓，有了干净卫生的洗手间和床位，不再男女混住，价格也从25元涨到了70元。虽然在大堂里依然坐着许多旅者，有人讲述，有人听。

第二天一早5点钟，我在汽车站坐上了前往丹巴的旅游大巴。我始终觉得坐大巴旅行是挺不错的选择，不必陷入对话，不必留心路况，没有副驾该不该坐的考虑。在大巴上无论有没有旅伴，都可以保持沉默，自顾自看书、听音乐、看窗外。再一次以这样的方式旅行，多了驾轻就熟，少了与人交谈的兴奋，不像当初那样不知所措、求知若渴。一路上，我没有和任何人说话，那时我突然懂了老陈当年的状态。不说话、不拍照，只是一个人待着。这也许就是成长的代价，在经历了许多事之后一切将归于平静。我也明白了老陈选择徒步去西藏

的方式，那是给自己一个交代，与任何人和事都无关。

看惯了西藏的山川湖泊，对于丹巴的小景没什么兴致。在青旅时，我问老板附近有没有高原湖泊可以看，老板说有个叫葫芦海的地方很好。我打电话给李翀，他也说别去甲居藏寨，你去党岭葫芦海吧。于是我出门找了辆小巴，就是传说中的五菱宏光神车。一个藏族小伙子带着我奔向党岭。你看，有了钱就不一样，我可以自己包一台小巴车了。抵达党岭已是下午2点。

这条徒步路线有许多牵马的老乡和徒步的驴友，这使我不必担心安全问题。我背着租来的帐篷和睡袋开始徒步。这一次，只有自己，不用顾虑快慢。我吹着口哨唱着歌，迈着小步向山上走去。遇到从山上下来的人，他们说葫芦海多么多么好看，一次次激励着我前进。3个小时后，天空开始阴霾，一场雨即将到来。当地的老乡劝我返回，他们说下雨天一个人上山很危险。我挣扎着在雨里又走了

一个小时，可雨似乎没有要停的意思，反而越下越大，无奈只能返回。也不知道那时候哪来的体力，一路小跑回到了客栈。虽然最终没能到达葫芦海，却异常兴奋，似乎又找到了当年独自一人从大理出发的未知感。

丹巴到处都有去色达的小巴士，我跟几个不认识的人拼了一辆车。说到拼车，不得不说说藏族司机。一台车上如果能坐7个人，无论等多久他都要等到坐满7个人，除非你说剩下的空位的钱你掏，否则他们绝不发车。即使很短的距离，等人的时间都可以跑两趟，他们也一定是选择等，而不是多跑一趟。他们就是这么简单，该多少是多少，绝不妥协。有人说他们一根筋，不懂得做生意，可在我看来，这样的淳朴是不易的。

小巴在路上颠簸了一整天，其间发生了一件小事。司机走到半路接了一个电话，说他得回去接个人，让我们在山坡上等半个小时。其他人都把行李拿下了车，我只拿了相机。可等了1个小时都不见司机返回，我心里开始嘀咕，我的全部家当都在车上。又过了半小时，司机终于回来了，他不停地道歉并解释说，因为同乡的车坏了，他要回去接一位乘客。我开始有些自责，当我开始怀疑自己对他们的信任是不是出问题的时候，却忘记了，信任才是他们信仰的根本。

红城看红尘

由于修路，巴士直到凌晨才抵达色达，县城里的酒店都没有房间了，无奈只能住在佛学院脚下一间简易的旅馆里。简易到什么程度呢？房间漏风，厕所在过道，一只暖壶、一个洗脸盆便是房间里的全部设备。色达是一座遍布了密密麻麻红色小房子的城，住在山脚下的优势是可以徒步前往。在色达的四天里，我爬了八次山，走过了色达的每一条小道。

色达气温很低，站在山顶上让人瑟瑟发抖。我喜欢独自坐在那里，守候着夜幕降临。那里有经年转动的经筒，匍匐于地的信徒，一圈圈的轮回中前赴后继的人。许多有故事的人，为了寻求

内心的安宁，放下红尘，驻足于此。那一间间红色的木屋里，那一条条简易的小道中，究竟隐藏了多少故事？不求物欲，只求无欲。或许他们想，如果今生修不来安宁，修个来世安稳也好。

色达喇荣五明佛学院位于距色达县城 20 公里处的喇荣沟内，由法王晋美彭措创办于 1980 年，属藏传佛教宁玛派。学院现有常

住修行者万人之多，被称为“世界上最大的佛学院”。课程设置分显教、密教和共同文化三大部分。显教设有戒律、因明、俱舍、中观和般若等；密教设有续部经典、各类加行、生起次第、圆满次第、大圆满的诀窍等；共同文化设有声明、医方明、藏文等内容。喇荣五明佛学院以戒律严格、艰苦修行、树立宁玛讲修法幢而著称，是享誉中外的大圆满讲修学院。“明”是佛教中所说的智慧，所谓的五明源于古印度婆罗门传统，后被佛教接受，指五种智慧——声明、工巧明、医方明、因明和内明，是菩萨传授给人类的方便法门。精通五明的学者，可以享有班智达的称号。

我不是佛教徒，我不懂他们心中神圣的信仰。但始终停留在我脑中的是，挥不去的佛音，虔诚的修行，以及那个女孩儿的故事。

初到喇荣，闯进眼中的是山谷内连绵数公里的密密麻麻的红色

木质棚屋，层层相叠，蚁穴蜂巢一般，无比壮观的气势令所有人折服。数千间简易的木屋是修行者的僧舍，其间簇拥着几座金碧辉煌的经堂与佛殿，身着绛红色僧袍的喇嘛和觉姆穿梭来往，到处都是浓郁的佛教氛围，时刻提醒着世人，你置身于宏大的佛陀之城。

在坛城溜达的时候，远远看到一个面容清秀的女生在那里朝拜磕长头，开始我以为她是游客穿着藏装拍照片，可我溜达了几个小时回来之后，她依旧在那里朝拜。于是我找了个角落，用长焦拍下了一张照片，那张清秀面庞下的坚韧眼神让人动容。后来在我与路佳瑄合作的那本书《总有一天，你会活成自己想要的模样》出版

时，出版社选了这张照片作为封面，很多人也正是因为这张照片购买了这本书。

生活在城市中的我们，总是忙于各种琐事，有几个人可以放下所有、远离家乡来到这里做一个信徒。日日顶着阳光，在方寸之间俯仰于天地。书出版之后，我们预留了照片的肖像权费用，希望有一天这个女孩儿能够找到我们。幸运的是，她在书店里看到了自己的照片后跟我们取得了联系。我跟她说版权费的事，她跟我聊色达的生活。她来自浙江，是一位小学老师，每年都会利用假期到色达去修行。她说色达的医院里缺理疗仪，希望我们能够给予帮助。之

后我和路佳瑄联名发起了为色达医院捐赠理疗仪的活动。你看，这便是摄影带给我的故事的延续。因为一个瞬间，有了一本书，认识了一个陌生人，做了一件善事。这些年在藏区拍摄，我几乎不拍摄人物，因为我觉得用镜头对着别人是一种不尊重。而且很多人在镜头面前会显得不自然。所以在那么多照片中，只有可怜的几张人像

照片，近距离照片都征得了被拍摄者的同意，远距离的则全部是长焦抓拍。

2018年1月我再次来到色达，想看看雪色下的红城。为了免除火灾隐患，政府对木屋做了修缮，色达的红色不再那么浓密，却依旧不失风采。无人机穿过云雾俯瞰红城，这里分明就是佛的国度。

简陋的房舍，简单的人生

在李聃写书的时候，我帮他整理照片时曾看到过一座石城，那是整个藏区绝无仅有的存在。于是离开色达后，我踏上了寻找石城的路。从色达到甘孜，我豪气地包了一台五菱神车。司机大哥是甘孜人，他的工作就是每天开着小巴往返于这条路上。他说不知道这条路什么时候可以通车，到那时回家就近了。今年冬天，听说2018年工程接近尾声，有了隧道，没了垭口，多了便利，少了颠簸。317国道没有柏油路的历史也即将画上句号，这一条曾经的茶马古道也

将以新的姿态展现在更多人面前。可那个时候，我们开着五菱神车一路翻山越岭，一路颠簸。雀儿山东边日出西边雨，茫茫大地泛着即将入秋的黄色。

我在甘孜寻找去往石渠的车，但因石渠地处偏僻，几乎没有游客生意，当地小巴士都是去马尼干戈的。于是我果断改变行程，选择先去亚青寺，去看这个更加神秘的佛国，再到马尼干戈。

亚青寺全名叫亚青邬金禅寺，位于白玉县昌台乡境内，属藏传佛教宁玛派，由阿秋仁波切主持修建于1985年，主传宁玛巴大圆满实修教法。亚青寺建在一片空旷的草原湿地上，密密麻麻的小木屋如同一个个小火柴盒挤在一起，简陋的木屋内居住着成千上万的修行者，如同一座巨大的绛红色城市。亚青寺的大经堂名为“圆满光明殿”，仿照著名的桑耶寺邬孜大殿而建，气势磅礴。在亚青寺修

行的扎巴（男性信众）和觉姆（女性信众）分区而居。

站在亚青寺的山坡上俯瞰，宽阔的昌曲河长驱直入，却在亚青神奇地转了个圆形回转弯后湍流向西汇入金沙江。亚青寺的觉姆区内，上千座红顶小屋被围绕在这个圆形的回转弯里，形成觉姆岛。在我旁边的，则是不足半平米的、极其简陋的白色小房子。她们说这是修行所用，无论季节变化、天气变化，她们都独坐在里面修行。我无法想象那是一种怎样的生活，即使我站在这里，也无法想象一个人如何毫无杂念地独坐四季……

大殿的院子里、满眼的红色下，一个小男孩面向我举起手里拿着的棒棒糖。他可能还不懂信仰的意义，没有随着大人们聆听梵音。他的世界里一根棒棒糖可能就是全部，如同成长中的信仰，一件事便是一生。

2018年初，我再次来到这里，住在漏风的小旅馆里，窗台上

结了冰，旅馆依旧简陋。夜晚，我跑到山顶拍下了亚青寺的浩瀚星空；清晨，看着觉姆岛的桑烟升起。当色达五明佛学院被游客侵袭、被酒店宾馆包围时，亚青邬金禅林，依旧保留着一份原始和纯净，它躲在人们的视线之外，用虔诚建起了另一座信仰之城。

用信仰的石头，砌一座城

甘孜每天都有小巴前往马尼干戈，但从马尼干戈去石渠并不是一条旅游线路，因此车上坐的都是藏族人。他们很奇怪像我这样一个旅者为何要去石渠这种地方。小巴一路前进，再次遭遇修路。我眼看着最后一台车通过，工人放下了路障。而我们能做的，只有等待。四个小时后，车子终于可以通行，抵达马尼干戈时天色已晚。司机大哥知道我要去石渠，可那时已经没有去石渠的乘客了。于是大哥说，我送你过去吧，带你去看石城。于是我们摸着夜色翻越山岭。途经一家路边的小饭馆吃饭时，我把相机放在车顶，拍了一张星空。

后来有人问我，你不害怕司机把你给劫了吗？不怕发生意外吗？我答，当时并没有想那么多，因为我们在城市里住久了，会不经意地用怀疑的眼光看待一切非常规的做法。事实是，司机大哥用蹩脚的汉语和我聊了一路，没有任何意外。抵达石渠后，我找了间旅馆住下，我让大哥和我住一个标间，他不好意思地说怕车丢了，坚持要去车里睡。我知道其实他只是怕影响我休息。

石渠县隶属四川省甘孜州，位于青藏高原东南缘的川、青、藏三省区接合部，是四川省最偏远、交通最不方便的县之一。石渠北起巴颜喀拉山南麓，南抵沙鲁里山脉的莫拉山段，西北部与青海玉树州接壤，西南面与西藏江达县隔江相望，东南面与色达县、德格县毗邻，距康定696公里，距成都1070公里，境内平均海拔4000米。石渠当地最大的寺院是色须寺，又称色须贡马，位于县城西北方，距县城45公里，始建于清乾隆二十五年（1760年），距今有近260年历史。藏语“色须”意思是“戴黄帽子的部落后裔”，据说色须寺是7户从蒙古流浪来的人家中一位名叫所巴下色登的人修建的。

在寺院山坡上溜达的时候，我不小心从两米高的坡上掉了下去。第一反应就是把散落的相机捡起来，装上镜头试了试还能拍，根本没在意自己是否受伤，直到看到镜头上的血才意识到，我受伤

了。我慢慢站起来，活动了下腿脚，发现没有大碍，再仔细检查后确定，只是牙齿受伤。僧人们把我带到房间里，仔细地帮我清洗处理，之后又说了一句，还好没事。是啊，没有什么比生命更重要。

原本想跟僧人们打听去往石城的路，但意外地得知了更为古老的两座石经墙的故事。

巴格玛尼石经墙位于雅砻江第一湾的石渠县长沙贡马乡境内，坐落在《格萨尔王传》中七座著名神山之一的扎嘉神山下。从1640年第一世巴格活佛堆放第一块玛尼石至今，石经墙已达1.7公里长，宽2~3米，高2.5~3.5米，被誉为“世界上最长的石经墙”。墙内有石刻佛像3000多尊，刻有藏文石经6000余部，还有数以亿计的大大小小的玛尼石，墙边是长长的转经筒墙、八宝白塔和经幡塔群等，整座建筑群就像一条巨龙在扎溪卡草原上绵延伸展，蔚为壮观。

穆日玛尼石经墙位于石渠县格蒙乡，始建年代可以追溯到11世纪的岭·格萨尔王时期，是世界上历史最悠久的石经墙之一。穆日玛尼石经墙最初被称为“奔琼玉喀玛尼”，曾经历过多次兴盛和破坏，直到18世纪，第一世穆日活佛扩建此石经墙，才逐渐形成规模。石经墙全长450 米，宽9~15米，高2~2.5米，形制较为特殊，两头和中间各建有一亭，墙体内藏有各种石刻佛像近千尊，并刻有《大藏经》等无数经文，还有其他难以计数的大大小小的玛尼石板。

松格玛尼石经城位于阿日扎乡东北约30公里处，“松”为地名，即石经城所在地，据考证松格玛尼石经城始建于公元11世纪岭·格萨尔王时期。石经城长73米、宽47米，城中心主体部分的最高点约为14.5米，建筑平面呈不规则长方形。整个石经城全部用玛尼石片构筑堆建，没有任何框架支撑，石片间不用任何黏合材料，用石千万块堆积，历经千年之久而不倒，至今仍在继续堆积中。

与石经墙的壮观相比，石经城更多的是神秘。最令人称奇的是，虽然每年都有无数玛尼石在继续往上堆积，但石经城却永远也“长不高”。现在看到的石经城只是地面部分，沉入地下的还有一部分，地下部分的玛尼石经文很多都是由梵文字体刻绘的，更加印证了其久远的历史。

究竟是什么人雕刻了这些经石，又不断地塑造它们？若干年行走藏区后，我似乎得到了答案，在他们的生命里，信仰大于生活。他们可以用一辈子的光阴做一件事。他们日复一日、年复一年地雕刻、转经，为了心中不灭的信仰。有人说去西藏是为了洗涤心灵，

我不认为一次旅行就可以洗涤心灵，可我知道这片土地可以改变一些性格，那是对脾性的磨砺。

在松格玛尼石经城不远处，有一位老者在敲打着石头。后来我在一部叫《进藏》的影片中认出了他的身影，他依旧心无旁骛地敲打着石经。石城千年矗立不长，信徒百年雕刻信仰，或许佛祖不想信徒太过劳累，才使之举手即可安放经石吧。

离开石渠返回马尼干戈的时候，我问司机大哥多少钱，他拿出一张纸，是政府给他们印的行车价格表。大哥算了算，我付了钱，在马尼干戈道别。随后我又在马尼干戈找了一台到德格的小巴，司机说他去别处看看能不能拉到其他乘客，我依旧把所有的行李都放在车上，只拿了钱包和相机，坐在小饭馆吃饭等他回来。可司机一走就是两个小时，电话也打不通。对面就是公安局，我也想或许应该去报案。可色达的经历瞬间就涌进了我的脑子里，再等等吧，他会回来的，我对自己说。又过了一个小时，司机回来了，同样是不停地道歉。

不断行走，终究成为讲述者，而你已不在

小巴载着我离开马尼干戈没多久，就遇到了两个徒步搭车的人，我示意司机停车。他们是一对夫妻，来自山东，穿着绿色军鞋，背着大包，一根树枝当拐杖。他们说，离开山东后，他们一路搭车，历时2个月才到达这里。总有人还记得用最原始的方式感受行走，这让我再次想到老陈。后来老陈给我打电话说，他回到福建后无法适应城市里的生活，所以去了四川某个农村做了乡村教师。我相信老陈的日子过得一定很快乐，因为他找到了适合自己的活法。这对山东夫妇知道我是包车，到达德格的时候，拿出钱包要给我钱，我说不用了，你们的行走方式是我向往却无法做到的，就算我的一点帮助吧。我带着他们入住了朋友的青旅，那个旅社的六人间

里，还有两个男生一个女生。我说我叫索以，其中一个男生大叫，你就是索以啊，我是你粉丝。

多年后，我成了讲述者，也成了有粉丝的人。那个夜晚，我给他们讲了这些年的故事，给他们看了电脑里西藏的照片。那个夜晚，我睡得啥也不知道，他们激动得整夜无眠。我似乎又看到了曾经的我，在大理的客栈里，听别人讲完故事后辗转反侧，想象着自己站在天地间，赏世间风景，感人生情怀。

因为要赶去昌都和李翀会合，不能与他们同行，说句再会却再也没有相遇。

说到李翀，我们相识5年。那时候微博刚刚出现，只有我们两个只发西藏的内容，于是便成了微博好友。某一天，在郑哥的引荐下，我们在珠海见面。自那之后，我们成了搭档，更是兄弟。有一次我问他，为什么如此热爱西藏，他给我讲了他的故事。

他说：2008 年的那个秋天，发生了两件足以改变我一生的事情。

十一假期我在网上约了几个小伙伴一起拼车走川藏南线进藏，中间顺路去了稻城亚丁，我计划从亚丁穿越地狱谷到卡斯村。出发的当天，天气非常恶劣，一直下着雨夹雪，大家深一脚浅一脚地在泥泞的山路上跋涉。下山的时候手脚并用，由于我没戴手套，雨水从袖口灌了进去，我裹在湿冷衣服里的身体开始慢慢失温，后来逐渐意识模糊，毫无察觉地流泪，只能机械地咬着牙继续向前走。

队友呼喊我的名字，和我交谈，整个世界的声音却都仿佛来自自己的心底。这是可怕的低体温症，如果不能让身体尽快脱离湿冷的环境，极其危险。当我终于坚持不住一屁股坐在地上的时候，队友给我拍了一张我这辈子最狼狈的照片——我半死不活地坐在湿漉漉的地上，头上却划过一道亮丽的彩虹。或许是彩虹带来的好运，或许是因为队友的鼓励，我坚持走到了牧民的帐篷，在帐篷里烤了火，又喝了几碗救命的酥油茶，终于没能去见佛祖。活着离开亚丁之后的一天，我们路过了一个小村庄，一个小女孩拦住了我们的车问我们是不是要去拉萨，司机说是，于是女孩便让司机带给在拉萨的哥哥1000 块钱，而司机和女孩不相识。当时我震惊于人与人之间的那份纯粹，这是在内地生长的我们不可想象的。

正因为这样，他把自己的一生给了西藏。那时候我们俩挤在一个小屋里，他整理文字，我整理图片。我们把西藏、云南、四川所有的景点照片和资料统统收集整理，我们想做一个网站，一个最大的西藏旅行约伴平台，给大家提供便利。我们充满热情，我们畅想着在未来的某一天做上CEO，迎娶白富美。可我们都不懂互联网，网站也因为种种原因未能上线。至今我的电脑里依然保存着我设计的所有页面，还有他一个字一个字写下的攻略。

人活一世难得有知己，他是我最好的兄弟，我们之间的默契无人能及。他说开公司，我默默支持他三年。他说公司有点问题，我义不容辞帮他走出困境。他说想去什么地方探路，我说没问题，我来拍，你安心开车。我们每到一个地方，他比当地人还了解地带我去犄角旮旯里找好吃的。我总是和朋友说，他比当地人还当地人。可是在拉萨，他总是不吃饭，他说就这么几家已经吃吐了。他说要吃海鲜大餐，我说你来珠海保证管够。

对于西藏，因为每一次的足迹都有他的陪伴，所以我不做攻略，永远都是他说去哪就去哪。而他从来不用相机，他说索以就是我的摄影器材。人生得一知己很难，得一生死之交更难。而我们一起经历生死，只是现在，他永远走了。

我生性孤傲，朋友们说我有艺术家的各种毛病，可那么多年，他一直都忍受我的臭毛病。他走后，我突然感觉到莫名的孤单。以前当我忙乱到心情糟糕时，我总会给他打电话，他也总会告诉我，在西藏的什么什么地方有好玩的，让我提起干劲。只要他来广东，无论哪里我们都会混在一起，他成了我离开家乡之后最默契的朋友。但当他在我的怀里永远闭上了眼睛的时候，我甚至不敢面对西藏，不敢去想那一刻发生的事情。这样的状态持续了半年，直到有一天我梦到他，他问我在哪里，我说在珠海。他说为什么不去西藏了，那么多人等着看你的照片呢！

既然无法忘记，那就勇敢面对。我打起精神开始整理照片，收集资料，我要把我们的故事讲给更多的人听，我要让更多热爱西藏的人知道，曾经有个男生把自己的生命献给了他最热爱的那片土地。

如果你们犯了事，就来我们这里

大骨节病是一种地方性变形性骨关节病，国内又叫矮人病、算盘珠病等，国际医学界称这种病为Kaschin-Beck病。这种病在各个年龄组都有发生，但多发于儿童和青少年，成人很少发病，无明显的性别差异。病因至今未明。大骨节病的患者由于骨骺板提前骨化，使发育出现障碍，表现为侏儒型。体型矮小，关节粗大，并有疼痛与活动受限，以踝关节发病最早，接着顺序为手指关节、膝、肘、腕、足趾关节和髋部。因骺板融合速度不一致，两下肢往往出现膝内翻，膝外翻或髋内翻畸形。手指短粗小，足部扁平。发病年龄愈小，畸形愈重，对患者健康会造成终身影响。边坝县是全西藏大骨节病最为严重的地区之一，其中都瓦乡、马武乡和边坝镇这三个地方是全县大骨节病的重灾区。卫生部的专家曾亲临边坝制订治疗方案：换粮、改水、补硒。十年来，边坝县的对口援建单位中国电信每年为边坝县的病区儿童捐助200吨大米，经过边坝县委县政府和中国电信的十年努力，大骨节病新近发病率已降至极低的数字，证明改吃非病区所产粮食能够比较有效地控制儿童大骨节病的新发病率。但已患病者则无法治愈，因此一些居民完全丧失劳动能力，全部依靠低保生活。且目前的实际状况是200吨大米基本上只够病区儿童每天每人一顿米饭，其余仍需本地产青稞维持。

2013—2014年，李翀联合社会爱心人士连续两年为边坝地区捐赠了6吨大米。2015年6月30日，我们发起《山那边的西藏——为西藏边坝县大骨节病儿童筹集大米》众筹项目，在4729位网友的支持下筹集293644元善款，购买了50吨大米送往边坝。

抵达昌都与李翀会合后，为了避免不必要的麻烦，所有费用我们都得自掏腰包。我们找了一间小旅馆，可老板告知只有一个单人间。

咱俩挤挤睡？李翀说。

不太合适吧？咱俩也算有粉丝的人，被人知道了以为咱们性取向有问题。我开玩笑。

这样吧，床垫放地上，你睡床垫，我睡硬板。他说。

那多难受啊？我说。

没事儿，我有睡袋。他说。就这样，这么多年一起走，他总是迁就我。他说在西藏这么多年，习惯了各种住宿环境，我知道他只是不希望我受苦。

第二天，我们来到昌都汽车站，希望能够搭到去边坝的顺风车。询了一圈儿也没有人搭理我们。我开玩笑说，你一个西藏大V，搭个车也这么费劲。

在昌都一直不灵。算了，还是发个朋友圈吧。他说。

在等待善良的人载我们的时间里，我们溜达到了强巴林寺。李翀一路给我讲解寺庙里壁画的各种故事，许多游客都以为他是专业导游，跟在后面听他滔滔不绝。这些年在藏区，我从来不去研究藏族历

史和文化，因为只要我想知道就拿起电话问他。可是在他走之后，我也开始读书学习，因为我成了那个继承了他的意志的讲述者。

终于有人愿意搭载我们，但只能到邦达与边坝的交叉路口。李翀半开玩笑地嘟囔着，我一大V怎么在这儿就不灵了呢？这要是在拉萨，一个电话，来一个车队。

在等待了三个小时后，终于有一辆越野车愿意带我们过去。那是一辆除了喇叭不响哪儿都响的老式三菱越野车。司机大哥在土路上狂飙到120迈，我紧张地握住把手，担心一个转弯就飞出窗外。

司机大哥说，每次到昌都就不会开车，看不懂交通指示。

李翀说，藏族司机大哥就这样，柏油路上30迈，土路上就疯狂。

在经过一座山的时候停车休息，李翀指着远处形状奇特的一座山问我，你知道这个山叫什么吗？当地人都不知道，他们叫背水姑娘山。但真正的名字叫，翁西伍中山。

你怎么知道的？我问。

写书的时候我查了各种史料，最后在一本记载茶马古道历史的书里找到了山的具体名字，并做了注释。你看见下面那个蓝色牌子了吗？上面写的内容就是我书里的。他说。

你牛。你真有功夫，你那书要是给我来写，估计得写一辈子。我逗他。

后来在每一次的分享上，我都会讲这一段故事。我想让更多的人知道他对西藏的执着，对旅行的热爱，对事业的痴迷。

那时候的313国道破烂不堪，曾经辉煌的茶马古道，因为318国道的通车而少有人迹。晚上10点钟时，我们遇到一辆车，司机大哥说要去村子里送东西，但不熟悉去边坝的路，问能否让我们跟他同行。李翀热情地跳上车带路，他总是那么热情，热情到凌晨十二点半才回来。

你干吗去了，我以为你被拐卖了。

老乡家喝茶去了。他轻描淡写地说，老乡太热情，我又能掰，聊起来没注意时间。一看表12点了，担心你被人拐卖了就赶紧回来了。后来这段故事他在广播节目里也说成了故事。

抵达边坝已是凌晨两点，我们潦草地找了一间宾馆住下。洗手间的厕所是坏的，手动冲水，水龙头一拧就掉在了地上。2018年我再去边坝时，这里已经灯火通明，酒店也多了很多选择。我们当时住的这个小宾馆也成了星级标准。

第二天我们来到米店，看到满屋子的大米，这几日的郁闷瞬间就烟消云散。2013年第一次捐的大米是在昌都购买的，然后我们找车运到了边坝。因为是雨季，道路湿滑，运输成本非常高。这一次，我们选择了在当地购买，节省下来的运输费，还可以多买一些大米。米店老板知道我们是做公益的，给了我们最低的价格。

8月正值农忙时节，老乡们都忙着收青稞。我们俩和米店一家人冒着小雨，在海拔将近4000米的地方扛了整整一天大米，将50吨大

米装车。那个时候我挺佩服自己，在高原上经常上楼都大喘气，居然可以搬一整天米，或许这就是帮助他人给我的力量吧。

装满大米的卡车在崎岖的山路上前进，最终顺利地运送到了村里。中午时分，当地老乡都来帮忙。看到他们嘴角的笑容时，心里的满足无法言说。

一位藏族老阿妈抓着我们的手用藏语说了几句话。站在旁边的村书记笑着说，你知道阿妈和你们说什么吗?

感谢我们的话吧。我说。

她说，你们就是仁波切，如果你们遇到什么事情了，可以来边坝，保证没有人敢动你们。村书记说。

你看，这就是他们的淳朴。

晚上，我们和边坝地区领导吃饭，期间聊起来开发边坝地区旅游资源。他们说这里有三色湖、大冰川，不远处还有萨普神山。那是我第一次听到萨普这个名字。李翀说一定要开发一下，做一个最牛的藏东环线。

我们住的宾馆里有位北京大哥，他带着妻子和两个女儿自驾来到这里。在得知我们来这里做公益要搭车回拉萨时，李大哥热情地邀请我们同行。

回拉萨的途中，经过比如，李翀指着旁边的路牌说，快，快，找亮点。我仔细一看，随口就说一句我X。因为那个块路牌上，“比如”这个地名的英文翻译是：For example。在藏区行走多年，这个翻译是最为准确、也最可笑的。而那时的我们还不知道，萨普神山已经近在咫尺，这一错过竟是三年。

比如附近有一个小小的寺院叫达木寺，里面有天葬台和骷髅墙。那时候寺院不允许游客进去，但作为大V的李翀还是有办法带我进去。

许多朋友都问我是否看过天葬，我说曾经因为好奇在很远的地方看过。在我看来，这样的丧葬形式只可远观，知道其含义即可，何必在梦中留下“难忘”的画面。

在达木寺不远处有一条小水沟冒着白气，走近一看是一个温泉，把鸡蛋放在泉水出口处十分钟便熟。我们脱了鞋坐在那里享受下大自然的馈赠。2018年再次经过这里时，门口已经挂上了小牌子，写着：“此处洗脚需收每人卫生费5元，如需洗车收费10元。”

似曾相识，你好萨普

曾经擦肩而过，如今再相逢。2017年年底我在全国很多城市开分享会，我想介绍318国道和317国道沿线上，普通旅行者鲜少涉足的藏东环线，便向朋友要了萨普的照片。然而因为拍摄季节的原因，我所看到的各种萨普的照片都不是我想要的。于是在1月成都分享会结束后，我和朋友踏上了寻山之路。

西藏流传着一句谚语：阿

里最远，昌都最难，那曲最苦。我们从成都出发，途经色达、亚青寺、噶陀寺、白玉、江达、昌都、边坝、比如，最终抵达萨普。到达比如羊秀乡普宗沟的时候，柏油路就此结束，当地人说，他们把这里叫萨普，更准确的名字应该是色浦岗日雪山。

我们沿着S303行驶，从边坝开往羊秀乡，再从羊秀乡的一个十字路口进山，路边会有风景区指示牌。按照标识沿土路一直前进，行车约2小时即可到达萨普。但这一路路况较差，且为单车道通行，雨雪季节不建议前往。

色浦岗日雪山地处西藏那曲地区比如县羊秀乡普宗沟境内。

千百年来，它一直矗立于此，周围群山环绕，主峰被尊为当地的神山之王。最高峰为6950米，也称“萨普棍拉嘎布”，为藏传佛教中的本教神山之一。神山脚下的圣湖撒木措由神山千年冰雪融化形成，自神山山脚延伸，分为两部分，靠近神山脚下的为冰川湖泊，终年不化。它是念青唐古拉东段的最高峰，英国登山队曾于1997—1998年20次尝试攀登萨普神山主峰的肩部，但都以失败告终，并就此写了一本书《西藏神秘山峰：色浦岗日归来》（英文书名：*Tibet's Secret Mountain—— The Triumph of SEPU KANGRI*，作者是Chris Boninton 和 Charles Clarke）。书的介绍里写到：在20世纪的最后十年里，一座山脉的跨度，与整个尼泊尔喜马拉雅山脉相当，对于地理学家和探索者来说，仍是一个模糊的领域。但在西藏，克里斯·伯宁顿(Chris Bonington)和查尔斯·克拉克(Charles Clarke)及其团队探索的就是这样一座几乎令人难以置信的山脉。它的最高峰，色浦岗日（Sepu Kangri），高22802英尺，令人惊讶的是，直到1996年8月克里斯·伯宁顿的勘察，这个地区才被欧洲人访问过。在地图上，伯宁顿和克拉克不得不向 “圣湖的雪山”问路。每逢盛夏，色浦山顶冰雪皑皑、雨雾缭绕，山底花红草绿、水草丰美。由于谷大沟深、交通不便，这片令人叹为观止的冰川一直深藏闺中而鲜为人知，确实很可以称之为“秘境”。

这些年，我曾走过西藏各处，但藏东地区一直没有特别出众的风景被世人所知。每到3月，游客们就都汇集到林芝看桃花，看大峡谷，看南迦巴瓦峰。对于西藏的山而言，唯有海拔高度世界第一的珠峰和神山冈仁波齐被人们熟知，而藏东似乎独缺了一处秘境。或许是萨普，我想应该就是萨普，能弥补这个区域的空缺。从地图上看，萨普周边区域还有好几处大的湖泊和冰川，萨普是一扇门，打开它，我们将探寻到藏东更神秘的风景。

传说中萨普是群山中的最高峰，从左至右的诸多雪山，依次为“萨普的妻子”“萨普妻子出轨后的私生子”“萨普的次子”“萨普的长子”“萨普”“萨普的女儿”，右侧还有“萨普的医生”等山峰。似乎这样的传说只有萨普才有，于是这成了一座有故事的山峰。论山峰的造型，萨普本身不够特别，而萨普的妻子、次子和私生子的造型却独树一帜。特别是次子的等边三角形造型，这样的山峰我在西藏几乎没有遇见过。而萨普却有两座三角形形状的山峰，

显得非常奢侈。形似金字塔本身就充满神秘色彩，传说加现实让这里变得尤为特别。

冬季的萨普，大雪将至，撒木措呈现出独有的湛蓝色。行走在巨大的冰面上，感觉整个世界都是安静的，你能清晰地听到湖水由于气压撞击出的巨大声响。这抹蓝色让人心醉，这片雪山让人着迷。站

在山前，闭上眼睛，感受自然的伟大。每年藏历五月十五，当地居民都会到撒木措湖转湖祈福。据说，每年的这一天湖水会在一夜之间解冻，又会在每年藏历九月十五这一天一夜之间冻结。

有趣的事总在不经意之间发生。抵达萨普时，一个小姑娘正在那里滑冰，她非常热情地邀请我们去村长家里。在村长家，我们遇到三个小伙子，他们驾着有蓝牙连接、播放着类似《最炫民族风》

的藏歌的摩托车，载着我们在50厘米宽、结冰的土路上，一路飙到圣湖边上。他们世代生活在这里，这里没有手机信号，他们对于外界事物保留了足够的新鲜感。他们热情、好客，让我想到多年前去西藏遇到的那些人，淳朴善良，眼睛里没有一丝杂质。

他们看我们背着沉重的器材，喘着粗气爬山，便把背包拿过去，与我们一起徒步。晚上12点，他们带着我们去冰面上拍星空。不得不说，当地人的体力绝对厉害，在海拔近5000米、70度角的山坡上，如履平地，而我们走十步便要停下歇息。

我常常说每一张照片背后都是摄影师辛苦的付出，为了这几张星空照片，我走到几乎要怀疑人生。我不知道有没有人在冰面上拍过星空，但至少之前我没有见过，那这几张宝贵照片或许能让大家饱一饱眼福。

村长把家里的一个屋子腾出来，专门给游客居住，那个房间

收拾得非常干净，屋里有火炉，烧着牛粪，温暖而刺激。相比亚青的小旅馆，这里就是五星级标准。我们猜测村长是处女座，因为他总是进来打扫卫生。我们把带的馕放在火炉上烤热，这是最好的晚餐。

我很不喜欢睡睡袋，因为不喜欢束缚感，于是悲剧的我凌晨5点就被冻醒。我摸黑找来牛粪独自生火，而同行的朋友睡得什么也不知道。牛粪这东西，燃烧得很快，一会儿就烧完了，只能不停地加。烧了一个小时牛粪后，我实在太困了，于是继续躺下睡觉，可还没睡着天就亮了，只能挣扎着爬起来看萨普晨光。

神山与圣湖，山傍湖而生，湖依山而存。神山千年冰雪融化形成剔透的圣湖，纯净的圣湖与澄澈的冰川紧紧缠绕着雄壮的圣山。忽然想到那首诗，关于萨普——《醉花阴·萨普群山水》。

冰河百里浪花傲，围山绕三绕。

南山迎新日，眺望冰河，青葱向阳靠。

神山万尺擎天道，问水何所报？

一心拜西胜，祈愿吉祥，稽首佛光照。

我渴望行走，渴望每一次探索和发现，渴望有生之年去看更多风景、听更多故事。站在山前，我呼吸着海拔近5000米的空气，看绝世风景，所有城市的喧嚣与烦恼瞬间荡然无存，我愿在这里守候，守候西藏千年的冰川和湖泊。

旅行的乐趣在于去一个陌生的地方，再完好如初地走出来，然后告诉身边的人那里的人和事。或许若干年后，这里也会像纳木措那样人山人海，我庆幸自己混迹西藏多年，在很多地方不被人知的时候就去看过，感受过。如同现在，我在无人的萨普，无人机镜头下只有我，自然面前，我依旧渺小，我还能奢求什么呢?

在我们有限的生命里，或许不能走足够多的路，见识足够多的事，也很难见证更多的生活方式。我只想在有生之年，把目光聚焦于世界屋脊的西藏，在那曲地区这片土地上，在这层峦叠嶂的山川之中，在亿万个年轮的刻画之下。今时今日，不过是从亘古而来的延续，也不过是未来前进的开始。没有人能预想到会在生命的哪个瞬间，感知到怎样的震撼和感动，就像一次平常的偶遇，却足以安放于记忆深处。

回到珠海，我把这篇图文发布到了公众号。当地人看到了文章给我留言：

“太棒了！你们把萨普的美用镜头展现得淋漓尽致，让更多的人知道它的壮美，我想这应该是我的父辈们所希望看到的，所以非常感谢你们。”

“我叫嘎典，我的故乡是神山萨普山脚下的古尼村。看到您拍摄的神山萨普风景，很震撼，很感动。震撼，您拍摄的那些角度和您拍摄的星空，我们生长在那片土地的人都无法想象。感动，因为

您的技术，您的相机让外界的人认识神山萨普，了解神山萨普。我也是摄影爱好者，想过去拍神山，也可以说是自己的一个小小的梦想，但一直因工作没能去。今天毫不夸张地说，您就是我的圆梦大使。谢谢。”

如今，317国道北线再无土路，从边坝到昌都，全程柏油路，川藏北线即将揭开面纱。不同于318国道的是，这里有壮美的自然风景，有辉煌灿烂的历史文明。随着萨普神山走进大家的视野，藏东环线也一定会成为那曲地区和林芝地区那样经典的旅行路线。

拉萨：

山一程，水一程，千转梦回是君身，心路向天横

没有异域，只有异乡的旅人

故事回到2010年，那次我一个人旅行，终于抵达梦想之地——拉萨。建筑学中讲究“一期一会”，每一次亲临感受，时间、空间、心境、气息，只有在彼时的那一刻的一次呈现。今日之相见，一去不复返，这也是建筑师反复去看某组、某个建筑的理由。而我虽然是平面设计师，但对建筑一直情有独钟。建筑作为旅行中呈现在眼前的具象个体，立体而生动。在这一期一会的珍贵时刻，我们就这样等待着相遇与重逢。世间没有什么是不朽的，唯有庆幸沿途那些城市与建筑，有生之年，终得一见。

布达拉宫依山垒砌，群楼重叠，殿宇嵯峨，气势雄伟，是藏式古建筑的杰出代表（据说源于桑珠孜宗堡），中华民族古建筑的精

华之作，是第五套人民币50元纸币背面的风景图案 。主体建筑分为白宫和红宫两部分。宫殿高200余米，外观13层，内为9层。布达拉宫前辟有布达拉宫广场，是世界上海拔最高的城市广场。布达拉宫最初为吐蕃王朝赞普松赞干布为迎娶尺尊公主和文成公主而兴建。1645年（清顺治二年）清朝属国和硕特汗国时期护法王固始汗和格鲁派摄政者索南群培重建布达拉宫之后，成为历代达赖喇嘛冬宫居所，以及重大宗教和政治仪式举办地，也是供奉历世达赖喇嘛灵塔之地，旧时与驻藏大臣衙门共为统治中心。

在最接近天的地方，面前这座雄伟的建筑承载了多少人的期待。它像天上的楼宇，洁白的宫殿环绕着正中的红宫。白云与它相依，蓝天与它为伴。仰望琼楼，回忆历史悠悠、传说种种，那个本该为众生抄写经书的僧人，却为一人写下无数诗篇。他书写着最浪

漫的情愫，我品味着佛心里最炙热的情音。在这里，太阳留恋着高原，在布达拉宫的红白之间，在群山的环绕之间。透过古老，仿佛一位身着红袍的高僧，独坐于世界之巅。跌宕的身世，神奇的传说，都一笔一画镌刻成了生命的纹理。他双手托起天堂跌入人间的倒影，豪情与秀美的雪山湖泊是他的容颜，千年不渝的佛语是他的魂灵。风雪烈日，未凋容颜。酥油梵呗，萦彻魂灵。他，使智者沉静，仁者长叹。他，使信者心契，凡者留恋。

那一天，转过所有的经筒，不为修来生，只为途中与你相见。

晨光初绽，拉萨方醒。山一程，水一程，千转梦回是君身，心路向天横；风一更，雪一更，几度轮回舍红尘，无声似有声。驻足仰首，意境悠悠，欲走近欲停留。

在布达拉宫前广场上，一个骑行的男孩儿深情地亲吻车轮。那个画面一直在我脑海中，那是一种怎样的感情？是否和我亲吻自己的相机一样？物质的东西带给我们极大的心理满足，无论是车轮还是影像，这一路的故事值得用一辈子去纪念。许多人都不相信我这个去过那么多次西藏的人居然没进过布达拉宫。我想或许留下点念想，若干年后，带着这数年的沉淀再来看，岂不是更有趣。从布达拉宫到大昭寺，从川藏线到青藏线，我们跟着虔诚者的脚步前进，跟着刻着佛像、经文和六字真言的玛尼堆前进。走进布达拉，走进大昭寺，走进虔诚的世界。无所谓能否洗涤心灵，只想感受不同的人生、不同的世界。

那时候初到拉萨，没有认识的人，我一个人坐在大昭寺前，看朝拜的人们。这里没有异域，只有异乡的旅人。后来李翀在开公司的时候取名字，郑哥说就叫“藏客”吧，来西藏的都是客。我们都是这里的过客，留下影像，带走故事，便是全部。

大昭寺又名“祖拉康”，藏语意为“佛殿”，始建于公元 647 年，是藏王松赞干布为供奉尺尊公主带入西藏的释迦牟尼8岁等身像而建，现在大昭寺内供奉的是文成公主从大唐带去的释迦牟尼12岁等身像，而从尼泊尔带去的释迦牟尼8岁等身像于8世纪被转送至小昭寺供奉。相传大昭寺所在的位置曾是一个湖泊，文成公主认为拉萨的地形是个仰卧的罗刹女，而大昭寺所在的湖泊正好是罗刹女的心脏，湖水乃其血液，所以必须填湖建寺，把魔女的心脏给镇

住。于是松赞干布便派人运来沙土填湖建寺，当时主要是依靠山羊来背装着沙土的袋子。在修建大昭寺的过程中，一座佛堂的墙壁上天然浮现出了神羊惹姆杰姆的容貌，至今在大昭寺内还能看到。大昭寺建成后，为纪念山羊驮土建寺的殊胜之举，城市名被改为“惹萨”，藏语中山羊称“惹”，土称“萨”，后来才改称拉萨。因此，一直以来都有着“先有大昭寺，后有拉萨城”的说法。

大昭寺位于拉萨的市中心，环大昭寺内释迦牟尼佛殿的一圈称为“囊廓”，环大昭寺外墙的一圈称为“八廓”，因此大昭寺外圈的街道叫八廓街，俗称八角街。以大昭寺为中心，将布达拉宫、药王山、小昭寺包括进来的更大的一个外圈称为“林廓”。这从内到外的三个环型，便是传统的转经路线。

我在拉萨住的第一间青旅是平措康桑。我提着行李到了房间，下铺放着一个女生的背包，我丢下行李就去八廓街溜达。晚上回来时房间已经熄灯，我爬上床铺玩手机。下铺的女生说，你回来啦？第一次来拉萨吗？

是啊，你呢？

我也是。她淡淡地说。

我们各自讲述着自己来拉萨的故事，直到深夜。第二天醒来，她早已出发，在我的背包旁留了电话号码。后来我回到珠海后，跟她取得了联系。2012年，我们又在束河相遇，那时我们还开玩笑说，拉萨的一面我们甚至不知道对方长啥样，竟做了两年网友，时间过得真快。2013年，我和她及她男友小麦一起走过山南、纳木措。2017年我到北京开分享会，特地去天津看望她。她已经做了母亲，唯一不变的是对旅行的挚爱。工作之余，她爬雪山，她给我看了她登山的照片。我说登山这个事情我就不瞎掺和了，爬上瘾，爬不动的时候，我恨不得把我的宝贝器材全扔了。

结婚有了孩子之后，旅行变得很奢侈。登山是她工作之余最大的企盼，她一边挥舞着新买的登山杖一边说。热爱旅行的人讲故事的时候眼睛里是有光的。

对于拉萨这座城，初来乍到的我并没有花太多时间溜达，我总觉得这里像家，不能一次看完。拉萨是慵懒的，每一天醒来都几近晌午。随便吃点东西就去大昭寺晒晒太阳，天台上聊聊天，一天的时光就打发了。我常说，拉萨这个地方不适合工作，它会把你努力的欲望降到最低。狼叔就是个典型例子。我们在网上相识，后来

成了很好的朋友。狼叔是广东人，做过很多年生意，最终留在了拉萨。每天遛狗、喝茶、晒太阳，安度晚年。狼叔说自己没什么追求，该经历的都经历了，就想这么活着，自在一点没什么不好。有时候我会住在狼叔家，他属于躺下的同时呼噜声就响起来的那种人，看来没有欲望的人都可以秒睡。我还达不到狼叔的境界，我还想在这个纷扰的世界中实现点自我价值。所以我只能是拉萨的一个过客，是一个享受几天高原阳光就得乖乖滚回去努力工作的人。

慢慢地，拉萨成了我这些年经常驻足的地方。我也有了许多的好朋友，每一次到拉萨都感觉像回家。我这个肤色，总被认为是当地人。我也总是开玩笑说，哥们儿穿上藏装进寺院，绝对不要门票。

在大昭寺虔诚叩拜的人群中，各种相机挥舞。我只有在2010年第一次来这里时拍过朝拜的人，后来再没有拿起相机。那一年我站在一个角落里抓拍，突然看到一位藏族老阿妈头顶在墙上，一道光洒在她身上。我举起相机拍下那个瞬间，那也是我到今天为止最喜欢的一张照片。之后路佳瑄在写书的时候问我能否用我的照片，我给了她这一张。我说不告诉你故事，你能写出来我就授权给你。

“一生入心的人，可以为药”，她这样写。

看到这句话，我说，照片我授权你了。于是就有了我们合作的第一本书《总有一天，你会活成自己想要的模样》。

我无法判断老阿妈在想什么，只是这个瞬间让我热泪盈眶。生活中经历的那些情感，似乎在她的祈祷中找到了原因。对于我来

说，这一路的经历、心里所思的人和事、西藏给予我的种种，一生入心，这里才是药。从此，我几乎没有拍摄过人物照片，觉得此生拥有这一张，足矣。

后来，我在色达拍到那个女孩儿磕长头的照片时，我脑海中曾浮现出她们融合的画面，难道这就是前世和今生吗？现在的她是未来的她，也是过去的她。

纳木措的天门，青藏线的归途

2010年10月，离开拉萨前往纳木措，每一个到达西藏的人都会去羊卓雍措和纳木措，这里成了必到之所。

青藏线是相对最简单的一条进藏路线，全长1926公里，全线平均海拔在4000米以上，青藏铁路也基本与公路重叠。行驶在青藏线上，那莽莽逶迤的昆仑山和唐古拉山、浩瀚无边的可可西里，还有那些高原上的牛灵，都会令人无比震撼，心旌摇荡。这是一条神奇的雪域天路。

扎西半岛的夜晚无比寒冷，我站在湖边拍星空。伴随着野狗的狂吠，孤独的我略感害怕。欣慰的是纳木措的星空足够璀璨，只可惜那时不怎么会拍星空，竟然没有留下能够入眼的照片。清晨，我爬到山顶拍摄日出，经幡飞扬。眼前茫茫如大海般的蓝色，天与地没有间隔。纯净的湖水蓝得让人心醉，如同一面巨大宝镜，镶嵌在藏北的草原上。

2015年10月。再次来到纳木措，见到了圣象天门，见到了纳木措神圣光辉下最美的姿态。

纳木措的藏语意为“天湖”，是西藏三大圣湖之一。湖面海拔4718米，湖的形状近似长方形，面积2017平方公里（一直以来纳木措都被认为是西藏自治区内最大的湖泊，中国第二大咸水湖，但随着

色林措的面积逐年增大，现在面积已经超越纳木措，成了西藏第一大湖，其面积为2324平方公里）。纳木措被称为世界上最高、最美的湖泊之一，那纯净的湖水蓝得让人心醉，远处白雪皑皑的念青唐古拉山如同威武的武士守卫着圣湖。在藏族人心中，纳木措具有非常神圣的地位，相传每逢藏历羊年，佛教众神都会齐聚在这里，因此羊年转湖最为殊胜，众多虔诚信徒会不远千里来纳木措转湖朝圣。

纳木措湖中共有五个岛屿，相传为五方佛的化身，此外还有五个半岛从不同的方位凸入水域，其中扎西半岛居五个半岛之冠。扎西半岛上有三个著名景点，迎宾石被称为纳木措的门神，两块巨石突兀地矗立在圣湖边，格外壮观。合掌石也被称为父母石，相传它是父亲念青唐古拉山峰和母亲纳木措女神的化身，象征他们忠贞不渝的爱情。善恶洞如其名，无论胖、矮、高、瘦，只要你行得正、

做得端，便能从此洞中通过，反之就应当反省一下自己的过错。冬日的纳木措则又是另外一番景象，演绎着天地间最壮美的风景，整个湖面全部结冰，巨大的冰凌闪烁着寒光，放眼望去，一片白雪茫茫，银装素裹。

纳木措转湖一周全程345公里（含扎西半岛往返），全程大部分都是土路，但路面较为平整，商务车也可以通行。若徒步转湖，当地人大约需要一周的时间，更为虔诚的信徒以磕长头的方式转湖

的也有，一般需要耗时数月。由于距离过长，许多当地人也会选择开车或者骑摩托车转湖的这种方式，从纳木措乡出发开车转湖一般1~2天可以完成。

李翀开着破旧的老越野车沿着纳木措的湖岸线飞奔，终于在日落前赶到圣象天门。距离圣象天门不远处有三块明显的巨石，相传为佛教三怙主的化身，即观音菩萨、文殊菩萨和金刚手菩萨，分别代表仁慈、智慧与勇气。

站在纳木措北岸著名的恰多南卡岛上远远看去，纳木措的湖岸线形成了两个完美的弧形，弧形的中间突兀耸立着一块巨石，近看像极了一头大象。此处正对念青唐古拉主峰。传说纳木措与念青唐古拉的婚礼就在这里举行，婚礼的当天，由1000名童子和1000位仙女共同建造了这座婚姻之门，念青唐古拉每次来找纳木措，必由此门经过，所以这里也被称作念青唐古拉之门。

圣象天门的霞光慢慢呈现，我们不顾海拔高度，背着器材爬到了山顶。山顶可以站立的位置不足一平方，我们站在这里看着眼前虚幻般的世界，五彩斑斓的霞光投射在念青唐古拉山主峰、倒映在

纳木措蓝色的湖水中。眼前的景色似童话般美好，如果不是亲眼所见，绝对不会相信世间竟有如此壮美的风景。

念青唐古拉峰海拔7111 米，为念青唐古拉山脉主峰，在藏语中意为“草原上的灵应雪山神”。在西藏古老的神话中，念青唐古拉被称为“唐拉雅秀”，位列西藏四大神山之首。在佛教传入西藏之前，唐拉雅秀就已被本教尊为神灵，统领藏地众多神山，是雪山护法神中最重要的一位，后来被莲花生大师收为佛教护法神。

晚上，我们住在了圣象天门。那里的大帐篷里没有火炉，我们套着睡袋，盖了三床被子躺下，并定好了闹钟企图半夜爬起来拍星空。然而真的是企图，半夜里我掀开被角，冷风嗖嗖地吹，犹豫再三，我选择继续睡去。直到现在，我都后悔没有挣扎起来，因为那天的光影至今都再未遇见，而我因为懒惰却错失了最美的星空。

清晨，我们努力钻出被窝，再次爬到山顶。金色阳光染红了念青唐古拉山的峰顶，圣象静静地守护着神山圣湖。如今的圣象天门山脚，开始修建起酒店。我不知道这意味着什么，我只知道那时的

干净纯粹会在脑海里纪念一生。

青藏线是单调的，从雪山草原到茫茫戈壁。沱沱河的兵站、楚玛尔河的火车、格尔木的秋景，如果是反方向行走，一定会精彩无比。离西藏越远，心情越失落。于是多想再回到那个阳光明媚的午后，放下一切，收拾行囊出发。

走过滇藏抵达拉萨，从一无所知到驾轻就熟。从拉萨到西宁再到宁夏，最终抵达家乡乌海，之后自驾返回珠海。4个月的行走，行程超过1万公里，我完成了一次超大环线的旅行。

国家级自然保护区

八千里路云和月，成长与独立，从一个人的旅行开始。

旅途结束，回到城市，回到朝九晚五的生活。闲暇之余开始写微博、游记。所有内容都与西藏有关，直至今日。也正因为2010年的这一次旅行，让我拥有了现在的生活。我开始跨越山河，寻找秘境所在。我带着自己的镜头继续看这个世界，我相信《总有一天，你会活成自己想要的模样》。

山南地区：
转山转水转佛塔

转山转水转佛塔

山南因位于念青唐古拉山脉以南而得名，雅砻河谷是藏民族的摇篮和发祥地。山南拥有西藏历史上的第一座宫殿，以及第一座佛法僧三宝俱全的寺庙，可以说是西藏的灵魂所在，西藏历史上的众多杰出人物都诞生在这里。无论是农耕生态还是宗教生活，雪域文明传统独特的仪轨伦常，大多数都在雅砻河谷完成孕育成长，再散播到喜马拉雅以西、木雅贡嘎以东的广阔土地上。在雅鲁藏布江的孕育下，在喜马拉雅的庇护下，雪山、草原、湖泊、碉楼、悬崖上的修行地、神秘的亚热带丛林应有尽有。

2016年4月，我从滇藏线再次进藏。张岩和姜南知道我要去山

南，便订了机票来找我玩。她们也是西藏控，多次进藏。我们因为在西藏相识，平日里也总是聊西藏。姜南是那种凡事都要规划好的人，她问，咱们去哪里？

山南。

山南哪里？

不知道。

我总是这样，李翀也这样，没有目的地，上路再说。姜南后来说，跟着你们出门，心里太没底了，而张岩属于那种你们安排好，我跟着溜达就行的人。当然，队伍里如果有姜南这样的人，对于我

来说就是最大的福利。

她们俩都是上班族，为了节约时间，我和李翀到机场接上她们就直奔洛扎。李翀选择了非常规路线，一路尘土飞扬地狂奔。这两个号称从不“高反”的人也差点颠出“高反”。张岩说那次旅行最难忘的是李翀一路上不给她找吃饭的地方，她也不好意思说，饿得高反了。

因为是非常规路线，这一路我们都没有遇到查边防证的检查站。回来的时候武警问，你们从哪儿进去的，我们说不小心迷路了。在路上，想起了曾经发生过事故。有一次，我们在洛扎附近陷车，李翀走路去找救援。一个老乡告诉他在这个地方手机有信号，说完在地上画了一个圈儿。让人吃惊的是，真的只有在那个圈儿里手机才有信号。后来在阿里，我们遇到过同样的事，出了老乡画的圈儿，手机就没信号了，真像孙悟空在地上给唐僧画的救命圈。

赛卡古托寺由著名的大成就者米拉日巴大师所创建，在藏南地区拥有殊胜的地位。该寺主体建筑为一方堡式碉楼，高9层（主体为7层），故名“赛卡古托”，意为“九层公子塔”。相传米拉日巴受玛尔巴译师的指点，为了消除前半生所造之孽，于公元 1077—1083 年间，孤身一人历时6年方才建成赛卡古托和噶哇久尼殿（意为“十二柱殿”），玛尔巴译师曾亲自为之开光加持。公元 16 世纪经噶举派大师巴哇·祖拉陈瓦对寺庙大规模扩建，寺庙形成了今日的规模。赛卡古托寺从建成至 1944年一直是山南地区噶举派最重要的寺庙，后改宗为格鲁派。寺内保存着大量珍贵壁画，其中包括西藏四大画派之一的勉唐派创始人勉拉·顿珠嘉措的真迹，以及第二世巴沃仁波切的作品。李翀在讲解这些壁画的时候，我们都说你是真热爱，在我们看来每个佛像都长一样。

来赛卡古托寺就要转高塔，一圈可洗清前世之罪，二圈可涤清父母之业，三圈来世不入金刚地狱。公子塔塔顶的外延能走的地方只有60厘米的宽度，上面有一根钢筋可以抓住，对于恐高的人来说还是有点惊险。转塔的时候可以看到四周精美的佛像，因为常年的触摸，佛像闪闪发光。有时候去寺院会看到僧人触摸佛像，我也一边转一边摸。转完塔出来时，看见下面有块碑文是藏语刻的，后来才知道上面的意思是：在转塔的过程中，如果触摸了佛像愿望就不灵验了。

朱措白玛林，走错房间的温泉

朱措白玛林湖又被称为白玛林措，是库拉岗日卫峰下的一处高山湖泊，湖面海拔4520米。朱措白玛林是莲花生大师的四大魂湖之一，湖的四周有莲花生大师的手印和脚印，还有修行洞和伏藏地，每年夏季会有很多信徒来此转湖朝圣，此时的圣湖湖畔野花盛开，雪峰倒映在碧蓝的湖面之上，令人心旷神怡。朱措白玛林还是一个观相湖，据说有机缘的人可以在湖中看到自己的前世今生。

最美的景致总是在高山处，我们徒步从湖的底部走到中段。由于海拔原因，这段路走起来相当吃力。姜南一路尾随，气喘吁吁，她说要不是害怕一个人待着，肯定坐下不走了。其实她才走了不到一个小时。因为天气原因，我们放弃了走到山顶。

2018年1月，我再次来到色乡，再次来到白玛林措。冬季的山南，库拉岗日和卡热疆不带一丝云彩，一览无余。这一次，我没有住在塞卡古托的小旅馆里，而是选择住在了色乡的大温泉酒店。到了酒店，秦川说咱们去泡温泉吧，我本来有点累，懒得动弹，可想想大西藏温泉细腻的泉水，还是忍不住跟着走下了楼。

温泉浴室位于一楼，我们看了下门牌，确认是男浴室，径直走进去。可是半掩着的门内，有一位没穿上衣的女士站在那里，我赶紧回头。

秦川问，什么情况？

我说，咱们好像走错了。

秦川瞄了一眼，赶紧扭头说，这到底什么情况？

恰好酒店前台的小妹路过，我们问，为啥男浴室里有女的？

她用标准的藏式普通话很淡定地说，没事啊，你们一起洗嘛。

我们面面相觑，默默回到房间。

没过几分钟，我和秦川再次下楼，浴室里终于没有了女人。虽然这个酒店规模较大，但温泉浴室却很简陋，脱了衣服才发现里面没有衣柜。更悲剧的是，我们俩因为刚才的偶然事件，彻底忘记了是否需要自备毛巾这回事。裸着身体很尴尬地和旁边的藏族大哥借了洗发水，然后默默发信息给小悦，求助送个毛巾。这个段子后来一直被小悦当成笑柄。

一夜无梦。第二天早上5点，我们便从酒店出发，到库拉岗日看日照金山。阳光撒向山巅，我和小川迅速拿出无人机，同时起飞。忽然手机画面一阵抖动，我看着自己的无人机从200米的高空直线降落，四个螺旋桨全部摔碎。我喊着秦川给我车钥匙，跑回去取了他飞机上的螺旋桨安上去，奇迹的是无人机居然还可以飞。无人机飞到最高处，我发了个朋友圈说去什么不丹，山的这一边有雪山湖泊，有历史人文，这里就是中国。直面这蓝色的冰湖和巍峨的库拉岗日雪山，你会明白为何它会被视为莲花大师的寄魂湖，因为它拥有启示众生的力量。

后来我说小川我服了你，这么大个天，你愣是把我的飞机给撞下来了。因为无人机事故，我没有拍到日照金山的照片，甚是遗憾。

曾经的我健步如飞，看到山就想往上爬。可自打有了无人机，就再也挪不动脚步。人就是这样，总可以给自己找到不去做的理由。想想当年在尼泊尔翻山越岭看风景，再看看如今发福的肚子，只能安慰自己，我也曾健硕过。值得庆幸的是，我在人生最美好的年华里，感受过用脚步丈量大地的快感，岁月让体力渐弱，但不会让心情磨灭。

库拉岗日雪山

库拉岗日雪山海拔7538米，是山南地区海拔最高的山峰。远望库拉岗日群山犹如一道冰雪屏障，将南部大峡谷与平坦的高原隔绝开来。主峰周围还有6座超过7000米的山峰。东边是海拔7418米的

库拉岗日二峰和海拔7381的库拉岗日三峰；东北面是海拔7221米的卡热疆一峰、海拔7216米的卡热疆二峰和海拔7018米的卡热疆三峰。据当地人说，围绕着雪峰，一共有八林，即八神湖。

普莫雍措的自然之作

人们都知道西藏的三大圣湖，却总是忽略近在咫尺的普莫雍措。这个海拔5000米以上的湖泊依然拥有各种层次的蓝色，在湖的北岸可以清晰地看到喜马拉雅十余座雪山倒映在湖泊中。蒙达岗日雪山、库拉岗日雪山群、普南雪山群、冈噶本孙雪山群、安比康雄雪山群。绵绵不绝的雪域，仿佛世界的尽头。在普莫雍措北岸有一个叫堆村的地方，冬春时节，这里万里冰封。牧民的羊湖，无尽的蓝冰，这是最伟大的自然之作。

宗戈普冰川下的星空

40冰川位于中国西藏山南地区洛扎县与不丹边境的卓木拉日康雪山下，冰川海拔约5300米。当年蔓峰在发现宗戈普冰川的时候并不知道具体的名字，因为毗邻中国与不丹的第40号边界碑，便随口取名“40冰川”。其雪山的主峰为增岗日峰，旁边的卫峰卓木拉日康雪峰也流出一条小冰川汇到这条大冰川里来，附近一带冰川较多，但日结措嘉是目前最好接近的一个。

前往宗戈普冰川的路其实没有路，小田给我发了这样一条信息说：普莫雍措湖快走完的时候，草原上会有石头房子，不要直行，走右边的路，开5分钟大概过铁桥。过铁桥后左拐。第二个地方，左拐以后一直往上，过一小河后有石头房子羊圈，走左侧。之后穿一段草原后正路在右边。

在各种车辙中，我们按照信息指示寻找坐标。由于是冬季，路上多冰雪，如果不是四驱车，不建议前往。我们摸着小道和大致的方向，最终在日落时分抵达。

40冰川在众多高山冰川中显得很不起眼，规模也相对较小。尽管如此但五脏俱全，冰碛 、冰碛湖，冰舌、冰塔林、冰钟乳，冰裂缝、冰面湖、冰洞等等一个都不少。40冰川是目前国内所有已知冰川中接近度最高的，旅者可以零距离亲身接触，且不需要任何专业装备。

本以为40冰川的夜晚会冷到让人怀疑人生，可我们拍星空时却没有遇到风。站在冰面上，看着眼前白色的大冰塔和点点繁星，仿佛抵达另外一个世界：亘古的岁月，千年的雪峰，万年的冰川，永恒地守护着这片高原，守护着湛蓝的天空，守护着藏族人的虔诚。白色的冰川，黑色的岩石，巨大的反差呈现在每一个站在它脚下的人面前，当你仔细去感受眼前这份壮美时，你会发现那深层次的细腻，似乎只有千年的沉淀才能汇聚。只有当乌云遮去刺眼的阳光，在浓重的阴影中，才能体会它的魅力。那是千年流动的岁月，是用冰雪书写的地质历史，也是大自然细致雕琢的艺术品。在西藏，每座茫茫雪山之下，都是河流的源泉。

冰川之下，有涓涓细流汇入滔滔大江，且永不停息。在这永恒的冰川之下，是藏族人世代生存的家园。圣洁的白塔，飘扬的经幡，堆积的玛尼堆，所有一切铸就了我们眼前这幅自然的“唐卡”。

日喀则地区：

26次看你，这一抹蓝

26 次看你，这一抹蓝

2010年，第一次看到羊卓雍措。至今想起来，那莫名的激动仍然记忆犹新。从拉萨到羊湖，经过岗巴拉山山腰时并没有什么风景，可当车辆抵达垭口时，一条蓝色的湖泊骤然闯入了眼帘，这就是西藏三大圣湖之一的羊卓雍措湖。站在冈巴拉山上眺望羊卓雍措，你就会明白，为什么它的意思是“上部牧场的碧玉”。当这一

泓碧蓝清澈、妖娆无比的蓝色呈现在眼前时，我也会和藏族人一样坚信如此美丽的事物一定是神之所赐。如果不是亲身抵达，很难想象出那画面。

后来，每一次到西藏几乎都要经过羊湖，它每个季节都不同，甚至一天中的每个时刻都不同。作为喜马拉雅山北麓最大的湖泊，羊卓雍措并非我们在岗巴拉山口所看到的狭长一带。2015年在拉

萨飞往加德满都的飞机上，我看到了巨大的羊湖如同珊瑚一般向四周展开。羊卓雍措属于高原堰塞湖，因冰川泥石流等地理因素而形成，于是造就了毫无规则的形状。当阳光照射到湖面时，会呈现出极其丰富的蓝色。由于羊湖独特的形成原因，湖的内部形成了多个独立的小岛。

卡若拉冰川

卡若拉的藏语意为“顶部的山垭”，冰川背靠西藏中部四大高峰之一的宁金抗沙峰，两条巨大的冰川从山顶云雾缥缈处一直延伸到离公路只有几百米的路边。卡若拉冰川距离公路如此之近，让人甚至感觉伸手就可以触摸到它冷艳的身躯。然而近几十年来由于气候变暖，冰川不断消融，现在的冰舌前沿已经缩至5560米海拔的位置了，听当地人讲，十多年前卡若拉冰川曾一度延伸至公路边。

卡若拉山口高5036米，山口南面6647米的卡鲁峰是年楚河和羊卓雍措两大水系的分水岭，此峰周围冰川地貌突出。冰川在山口北面5600米左右的地带，属宁金抗沙峰冰川向南漂移后形成的悬冰川。由于长年受公路上的车尘的覆盖，此冰川整体呈黑白分层形态。从卡若拉山口向西30余公里，即可抵达目前西藏装机容量最大的满拉水电站。该电站建在年楚河上游两条重要的支流——学堆河与涅如藏布的汇合处。涅如藏布发源于康布县东南与不丹交界的群峰之中，是年楚河的正源。

吉祥须弥扎什伦布寺

500年的风吹雨打，它依旧气势恢宏，色彩依旧绚烂，殿宇依次递接，疏密均衡，和谐对称，远眺这座殿堂，楼台醒目，金碧辉煌，暮色黄昏，安静守望，我已在藏地的吉祥须弥山之中。我不是信徒，却肃然起敬。我始终相信，只要信仰还在，希望还在，酥油灯就不会熄灭，钟声就会一遍又一遍地回响在扎什伦布寺的上空。

扎什伦布寺的藏语意为“吉祥须弥聚福殊胜诸方州”，是西藏日喀则地区最大的寺庙，也是后藏地区最重要的寺庙，位列格鲁派六大寺之一。扎什伦布寺是四世之后历代班禅的驻地，与拉萨的“三大寺”甘丹寺、色拉寺、哲蚌寺合称藏传佛教格鲁派的“四大

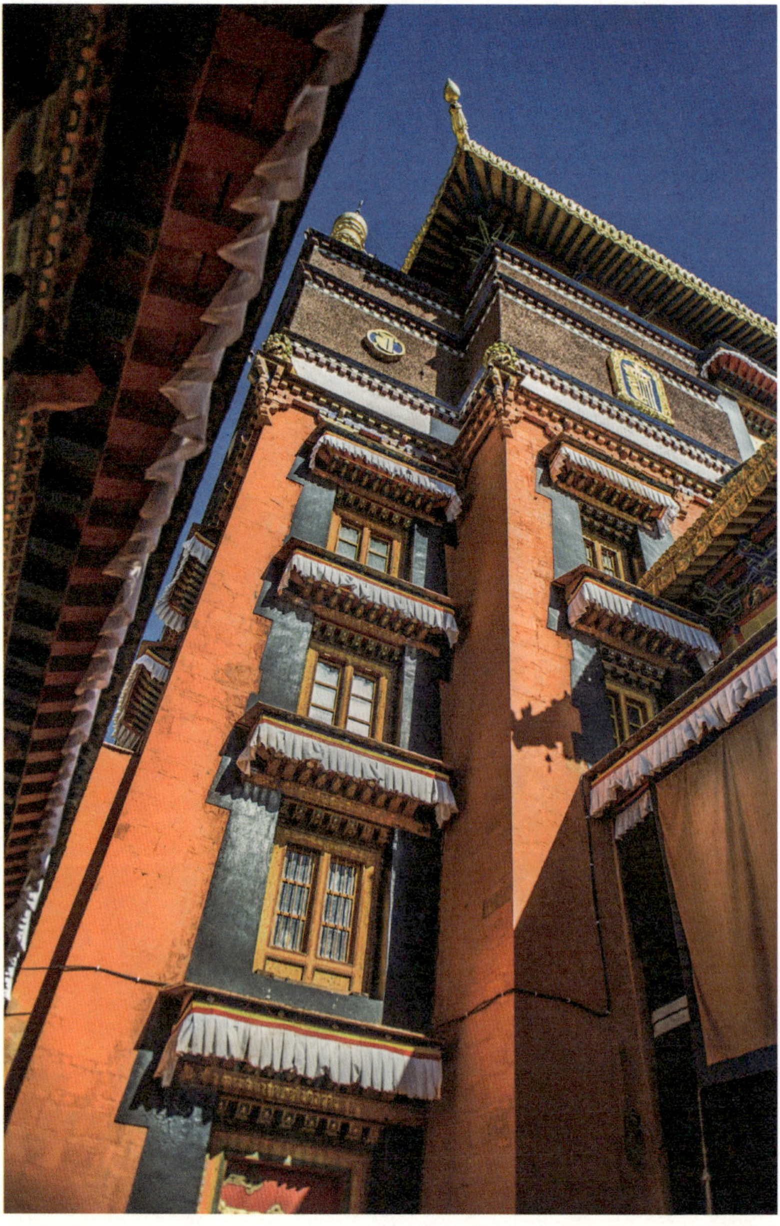

寺”，在西藏的地位首屈一指，也是日喀则地区最大的寺庙。扎什伦布寺占地面积15万平方米，周围筑有宫墙，宫墙沿山势蜿蜒迤逦，周长3000 多米。整个寺院依山坡而筑，背附高山，坐北向阳，殿宇依次递接，疏密均衡，和谐对称。金顶红墙的高大主建筑群更为雄伟、深厚 、壮观。远处眺望，楼台醒目，殿堂叠耸，金碧辉煌，宏观而壮美。

扎什伦布寺由若干个大大小小的院落组成，其核心是那几座红墙、金顶的宫殿式建筑。行走于扎什伦布寺，常常要经过一条或长或短的小巷，窄窄的略带崎岖，偶然一个转身却发现那些殿宇的大门就在这小巷中。藏传佛教的寺院大多选择了依山而建，随着山势坡度的起伏，寺庙内的建筑也高低起伏、错落有致。红白两色的建筑群在阳光的照射下格外炫目，漫山的经幡寄托了信徒们无限的虔诚。强巴佛殿内供奉有全世界最大的铜质强巴佛，佛像高 26.2 米，由 110名工匠花费 4 年时间才完成。强巴佛，即汉传佛教的弥勒佛，是佛教三世佛中的未来佛。三世佛即过去佛燃灯古佛、现在佛释迦牟尼佛和未来佛强巴佛。

我抚摩着发亮的转经筒，冥想它曾寄托了多少愿望和信仰。那一张张沧桑的面庞，满是虔诚肃穆，站在百年寺院中，仿佛从历史的尘埃中走来，走入这古老的殿堂，去寻一个慰藉。今天，我是你的信徒，与红尘世俗无关，即使我转身离开，还有寻找的答案弥留。

扎什伦布寺，阳光普照，金顶闪闪发光，红白建筑群上投射

出的阴影那么柔和，我享受着阳光的味道。漫步在小巷中，感受百年风雨后的殿堂。总能遇到那些红衣僧人微笑着对你说“扎西德勒”，他们并不在乎我们从哪里来到哪里去，这是他们的世界，我们不过是匆匆过客。身处在幽静安宁的小巷中，抬头就是红白相间中的一抹蓝天，这时才知道自己已经在藏地的吉祥须弥山之中。寺院里有很多晒太阳的狗，它们都喜欢这种温暖和宁静，它们任由人们从身边走过，始终不肯睁开眼睛。或许它们在做梦，一个转世的梦。而我，用镜头记录着这一切，用心呼吸这世界上最纯粹的空气。

在这里，我看到最纯真的笑容，那种笑容风雨无阻地穿过我们。这一生，能拥有这样一刻的宁静和感动就是幸福。诵经的大殿中，梵音绕梁，微微的酥油灯在昏暗的大殿中闪闪发光，照亮了僧人们虔诚的面庞。在高大的佛像前，在永不熄灭的酥油灯前，双手合十，为那个不曾忘却的祈祷。每每看到这样的场景，我就想到席慕蓉的《一棵开花的树》：

如何让你遇见我
在我最美丽的时刻
为这
我已在佛前 求了五百年
求它让我们结一段尘缘

佛于是把我化作一棵树
长在你必经的路旁
阳光下慎重地开满了花
朵朵都是我前世的盼望

当你走近 请你细听
那颤抖的叶是我等待的热情
而当你终于无视地走过
在你身后落了一地
朋友啊 那不是花瓣
是我凋零的心

极目览苍穹，翼下雪山雄

行走西藏，看无限山川。这里的山有矢志不渝的个性，屹立于天地之间，便让人有“独立而不改，周行而不殆”的气势。任天地如何变化，我有万千风景。老子曾说过：“故道大，天大，地大，人亦大。域中有四大，而人居其一焉。”只有心之所系、足之所及、亲身投入山的怀抱中时，才能对老子的话有所顿悟。人与自然的和谐，乃人之性也。

山有君子风度，不论身居何处，都敢迎接风雨日蚀，屹立于天地，耸立与苍穹。置身山中，乃至绝顶，望茫茫山川，脉由山动。念青唐古拉山，连绵起伏，其磅礴之势，无不显示出广阔而博大的

胸怀。此刻，站在山前，汹涌澎湃，激发出无穷的昂然之气。山水能应天时，随地利，利万物而不争。

一位登过珠峰的登山队员说：当我第一次登上珠峰的时候，我还认为，登山是一种征服。可是，当我不断接触世界上各大高山之后，我发现，登山是一种山与人的交融，是一种感悟。攀登的过程，就是一个重新认识主观自我和客观世界的过程。这项运动在初期普遍洋溢着英雄主义和浪漫主义情结，直至英国人马洛里于1922年给出了迄今被奉为经典的答案："因为山在那里！"他还说："我征服了什么？我什么也没有征服，我只是征服了自己。"人们在登山的过程中逐渐认识到，攀登不是战胜或征服，而是融入和回归，是用生命与自然对话。

尼泊尔徒步：
神的孩子望故乡

去山的那一边，看看西藏

在交通便捷、信息丰富的今天，似乎地球上的任何角落都触手可及。距离已经不再是问题，一张机票就能抵达。随着社会的进步，旅行也越来越轻松。清苦的旅行，就变得格外有意义。

2015年8月的一天，李翀给我打电话说汗斯邀请我们去木斯塘徒步。这是我第一次听到木斯塘这个名字，我很纳闷为何木斯塘会和西藏有关系。直到我们完成整个旅行后，我才知道答案。

计划好出发时间，我们开始购置装备。李翀说那边肯定很冷，推荐我买一个零下30摄氏度的黑冰睡袋。事实证明，这个睡袋差点把我热死在木斯塘。嗯，现在我懂了，好朋友就是用来坑的。出发

前几天，大学同学晓彤打电话说她想出去走走。我说那跟我去徒步吧，她说假期有限，先去尼泊尔再说吧。我心想，去了你可就回不来了。

飞机经停成都，我与汗斯会合。这是我第一次见到汗斯，之前都在网上联系。汗斯同学操着一口不普通的普通话谈笑风生，我们行走的一路上，汗斯成了大家的开心果。

飞机掠过青藏高原，我看着窗外的风景，估摸着快到羊湖附近时，我准备好相机。记忆中的羊湖是一道湾，眼前的羊湖却四通八达成网状。两年后，我完成羊卓雍措的内转，见证了它的广袤。

加德满都的啤酒，八手的小奥拓

加德满都是尼泊尔的首都和最大的城市，位于加德满都谷地，巴格马提河和比兴马提河的交汇处。该市四周环山，海拔1370米，建城于723年，是一座拥有近1300年历史的古老城市。

我们一路溜达着，打算在街边找一个小店买张电话卡。没想到在国内10分钟可以搞定的事情，在这里需要整整2个小时。尼泊尔人总是不慌不忙地做着简单的事情，对于他们而言，工作不在于效率，做完就行。

第二天我和汗斯找了台八手车去机场接李翀，李翀嘚瑟地掏出一沓美金，扇着小脸说，跟我去木斯塘收珠子去。他说在西藏太久，风景看得太多，现在最大的兴趣就是“采矿”和收珠子。

我现在依旧怀念在加德满都的日子，每天睡到自然醒，吃口午饭在天台上发呆晒太阳。这个国度的慢生活慢到我这种懒人都有点接受不了。总有人问我为什么待在珠海，我说城市节奏慢，我不喜欢大城市打鸡血一样的生活。在等待其他队友到来的闲暇日子里，我们就这样懒散地待着。魏娜是汗斯的朋友，她在加德满都经营自己的中餐馆。晚上，我们约了她的两个当地朋友一起喝酒。那两位当地人第一次和中国人坐在一起喝酒，他们问汗斯，你能喝多少?

汗斯竖起一根手指头。

一杯?

No.

一瓶?

No.

那你能喝多少?

一直喝。汗斯说。

他们信奉佛教，从没有如此“放纵”地喝酒。几瓶下肚之后便来了兴致，要求和我们一起玩中国的游戏。于是，真心话大冒险就这样在我、李翀、汗斯英文不灵，对方不懂中文的情况下开始了。即便如此，我们也玩了整整一夜。我们首次输了之后选择了真心

话，两个尼泊尔人商量半天，害羞地提出了问题，你们第一次和女生接吻是什么时候？

我们几个面面相觑，直接喷出了嘴里的酒。晓彤说，这个真心话真心不像30岁的人问出来的问题。后来在我们去木斯塘徒步的日子里，这二位每天都会问魏娜，你们什么时候回来？游戏必须继续。

加德满都因坐落在喜马拉雅山南坡，这道天然屏障为城市遮挡了来自北方的寒风，再加之南面迎着印度洋的暖流，得天独厚的地理环境，使这里年平均温度在20℃左右，气候宜人，终年阳光灿烂，绿树葱郁，鲜花盛开，有“山中天堂”之美誉。

加德满都市内名胜古迹众多，如故宫哈努曼多卡宫、新宫纳拉

扬希蒂宫、中央政府大厦、狮宫、比姆森塔、烈士纪念碑等。城内印度教、佛教寺院比比皆是，形成庙宇多如住宅、佛像多如民居的景象，如古赫什瓦里庙、贾格纳特寺、太后庙、湿婆神庙、塔莱珠女神庙、三界魔力寺、湿婆帕尔瓦蒂庙、文艺女神庙、黑天神庙、斯瓦扬布佛塔等。它们有的雕梁画栋、金碧辉煌，有的造型典雅、布局严谨，有的以庙前镏金铜狮驰名，有的以庙内精美的木刻神像著称。

我们去尼泊尔时是在它经历了大地震之后，许多房屋倒塌，古老的寺院用木棍支撑着。虽然被地震破坏，但总的格局并未变化。在这座古老的城市里，我们欣赏着不同于藏区的建筑风格，感受着这里人们的生活方式。尼泊尔的生活是彩色的，每个人的着装都五彩斑斓。街边的店铺，五颜六色。巷子里虽然破旧混乱，但看着

这些斑斓，整个人都是轻松的。生活在这里的人们似乎很满足自己的日子，每个人的脸上都洋溢着笑容。蹬三轮的小哥车前会插上鲜花，迎面而来的孩子们会给你递上灿烂的笑容。

加德满都的大街上，几乎没有柏油马路，也没有交通信号灯。汽车、卡车、大巴、摩托车、自行车混杂在一起行进，但几乎听不到催促的喇叭声。所有人都在无序中有序地生活着。到处都飞奔着本该进废品厂的公交车，车厢内塞满了人，就连车顶上也都坐满了人。我们三个试图买票上车顶，但被司机拒绝了。他说太危险，不允许游客上车顶。那些坐在车顶上的人，并不会因为交通工具的不便而影响心情。或许他们比我们更感幸福。

加德满都主要的交通工具是八手车和人力三轮车。每次打车我

们都让汗斯去，因为他总是能砍到最低价。汗斯总结的经验是三个字，不—要—脸。汗斯的绝招就是多问几个车之后确定大概价格，然后对司机说，50，OK or no OK？绝对不多说半个字，让司机认为他完全不懂英文。这样的砍价方式，屡试不爽。而八手小奥拓在装了三个大老爷们之后，毫无意外地托底了，咔咔作响。

我们队里有位叫桃子的姑娘，在美国生活了7年。某天在加德满都的商店里买东西，我们三个在店门口闲聊。过了半小时桃子也没有出来，我们进去店里看究竟发生了什么。

汗斯问，买啥呢，这么久？

桃子说，买个纪念品，我说100块，他死活不卖。

汗斯接过东西开始了砍价表演。100，you OK，I buy，you no OK，I go。

我猜此刻老板的内心一定是崩溃的，犹豫了一下说，OK OK OK!

我们对于汗斯的语言能力总结为，土匪遇到土匪，没法沟通，只要结果。桃子彻底被汗斯的魅力征服，说她这些年的英文算是白学了。

加德满都的中心是杜巴广场，在这里可以看到不同于藏区的佛教表现形式。精致的木雕，形态各异的佛像，飞舞的鸽子群。巴德岗王宫广场上，来自世界各地的旅行者“行摄”匆匆。许多青年男女坐在塔边，谈情说爱。这样的场景在藏区是不可能看到的。或许在他们心中，佛是包容一切的。帕坦古城广场上，巨大的萌萌的佛像前是一片菜市场。我们遇到三个孩子，他们看到我的相机就跑过来，做着各种鬼脸让我拍照。这让我想起当年走川藏线时遇到的孩子，他们同样有清澈的眼神，同样对着镜头灿烂地笑。可是多年后的藏区孩子，有的会伸手要钱，不给他们就围着车，不让你通行。

是这个社会改变了他们，还是他们改变了自己？这个话题我不该去想，也不知如何书写。但我相信，等他们长大，信仰依旧会让他们的眼神回到当初的清澈。

加德满都的风铃清脆动听，这座城市在夕阳的照射下肃穆而生动。博达哈大佛塔在地震中损毁严重，这里类似于八廓街，人们围塔而转。在这里我们无意中找到一家中餐馆。李翀这个吃货的评价是：比拉萨的中餐好吃多了。我们从木斯塘徒步归来之后又再次来到这里，同样的菜吃了三份。老板说你们干吗去了，感觉一辈子没吃过饭似的。

帕斯帕提那寺位于泰米尔区以东约5公里的环城公路边、巴格马蒂河的西岸。这座塔式风格的寺庙始建于1696年，是尼泊尔最大的印度教神庙，也是南亚地区供奉湿婆神的四大神庙之一，并被列入了世界文化遗产名录。只有印度教徒才能进入帕斯帕提那寺寺院内，普通游客只能在西门外张望，可以看到湿婆神的坐骑——一尊巨大的公牛南迪像。据说神殿内供奉着一尊黑色的四头帕斯帕提神像。顺着寺庙西边的台阶爬到顶，可以居高临下欣赏镀金的庙顶。神庙东北部的河岸是印度教苦行僧居住的地方，走过人行桥来到与神庙相对的河东岸，有一排湿婆林迦塔，继续沿台阶往上走有一处观景台，可以隔着河俯瞰整个帕斯帕提那寺。

去帕斯帕提那寺的时候，我走在最前面，很顺利地就进去了。

可回头一看，他们几个都被拦在了外面。原来这里需要买门票，而卖票的窗口太隐蔽，不仔细看根本发现不了。

我问为啥没人拦我？他们说你这肤色基本就是当地人了。我可算找到我这肤色的优势了——去东南亚可以冒充本地人，光明正大地免费出入各景点。

寺院的旁边有两个熟悉的苦行僧。为何熟悉呢？因为他们的照片出现在了各种攻略中。他们在这里修行，也在这里做“模特”，随手比画个OK或者Yeah，赚点小费。

观看火葬仪式在帕斯帕提那寺南部的河岸，那里有尼泊尔最大的火葬场Arya Ghat，几乎每天都会进行普通尼泊尔人的火葬仪式，逝者的身体被包裹好排列在河边，在柴堆上火化，整个过程有条不紊，很安静，没有哭丧，最后骨灰被撒入河中，随河水流入恒河。因此，帕斯帕提那寺也被许多人称为“烧尸庙”。

夜幕下的加德满都很有趣，到处都是跳舞的人，无论大人孩子都围在一起欢唱舞蹈。而那首最著名的如同我们《小苹果》的神曲

*Resham Firri*传唱在大街小巷，以至于直到今天我想到尼泊尔，都会哼唱这首歌。

魏娜说尼泊尔估计有几百个节日，因为他们总是在放假。有一天，当地人敲她家的门，问她家里有没有猫。她说“有”之后，大家就进屋给猫过了个节。

我搜索了一下才知道，尼泊尔全国各种节日每年多达300多个。很少有国家像尼泊尔一样，为了节庆花费如此多的心力。尼泊尔人几乎每年要花三分之一的时间来从事节日活动。任何时候，只要你到尼泊尔，都会看到多姿多彩的节日庆典。尼泊尔节日大都与宗教、农时有关。政府规定放假的节日有近50个。如洒红节、佛诞节、圣线节、神牛节、黑天神节、妇女节、因陀罗节、赛马节、德赛因节、点灯节、驱鬼节、祀蛇节等。形式多种多样，包括举办庙会、跳舞、游行，等等。在这样的解释下，我似乎明白了为何尼泊尔人的办事效率低下，为何大街小巷都充满了欢乐。

晓彤在我们轮流描绘徒步旅行是多么快乐的事情之后，犹豫再三，最终还是选择返回她自己的城市，回到工作中。而我们最终凑齐的9个人，则踏上了通向木斯塘的道路。

前往博卡拉的路上，到处都是神奇。路边的煤气罐一个挨一个绵延几公里。小邦说这是排队买天然气的，这里矿产资源匮乏，全部需要进口。他拿出手机给我们看了一张照片，是医院里的消毒

“设备”，用柴火烧开水缸里的水，水缸里泡着各种手术工具。路上行驶着各种“破烂”的大巴，小邦说因为边境冲突，大巴车经常被砸，而当地人也不愿意维修，就用胶带缠绕。最夸张的是，驾驶座前面的挡风玻璃被胶带缠绕遮盖到只剩下一个小方格供司机看路。若你仔细看就会发现，尼泊尔每台车的车牌都不一样，小邦笑着说，这里的车牌都是司机自己画。你能想象吗？我们的表情真的无法用文字来形容。

博卡拉，是尼泊尔最负盛名的风景地。与广东气候近似。海拔800多米，市区人口不足10万，与热闹喧嚣的加德满都比起来要恬静很多，特别是博卡拉处于喜马拉雅山谷地，依偎在终年积雪的安

娜普纳峰和鱼尾峰下，傍着迷人的费瓦湖，苍翠繁茂的植被和壮丽的雪山风光形成强烈对比。在博卡拉，穿着拖鞋四处闲逛是最好的旅行方式。坐在费瓦湖旁，看着安纳布尔纳峰和鱼尾峰，山下的苍翠和壮丽的雪山同在。

来这里的大多数游客是冲着喜马拉雅山来的，而博卡拉是能够清晰地看到山巅的最佳地点。这里的山峰从西向东依次为Hiunchull（6441米）、安纳布尔纳一号峰（8091米）、鱼尾峰（6997米）、安纳布尔纳三号峰（7555米）、安纳布尔纳四号峰（7525米）和安纳布尔纳二号峰（7937米）。巍峨的安纳布尔纳群山雄踞在城市和湖上方，无论游客站在城市里的哪个角落，几乎都能看到，蔚蓝的

晴空下，一两座白雪皑皑的山峰。其中，高度6997米的鱼尾峰最为醒目，事实上它只能算是安纳布尔纳山脊上一座小山而已，但它离博卡拉比较近，因此看上去比其他山更高。如果有机会，可以去萨郎科，那里能看到连绵的安纳布尔纳峰拔地而起。

HOTEL PLAZA ANNAPURNA
HOTEL
MANDALA

逝去的王国，夺命的小飞机

离开博卡拉前往木斯塘，我们开始了为期15天的自虐旅行。从博卡拉到佐姆索姆有两种方式，一种是乘大巴车，一种是乘小型飞机。为了节约时间，小邦给我们安排了小型飞机。机票上写的是早晨8点钟起飞，于是我们天不亮就前往机场。睡眼蒙眬中，小邦说到机场了，我看向窗外，一片黑咕隆咚。我说，哪有机场，啥也看不到啊。

小邦下车用手电一照，我才看到面前果然有一个大铁门。

在小邦执着地敲了5分钟门后，终于有工作人员出来打开了铁门。我们9个人拿着手电，戴着头灯摸黑走到机场门口。这是我人生第一次感受到什么叫奇遇记。我们几个人笑着说，太牛了，太牛了。机场居然停电，还得打手电找大门。

等到天亮，机场的大门终于打开了。我跑到远处看了一眼这个机场，才意识到加德满都的机场有多么豪华，简直就像个火车站，而这里，顶多算是个汽车站。机场大厅里，没有任何航班指示，只有3个检票台和少得可怜的工作人员。我问小邦哪班飞机是咱们的，小邦一脸蒙地说好像是橙色那个。

在这里，机票上的起飞时间顶多叫“预计”，我们能做的只有等待。工作人员让我们把行李放到秤上，写下重量之后，又让我们每个人都上秤称体重。后来才知道这个飞机是需要计重的，在我们返程的时候，汗斯就因为超重被迫选择了下一班。

过安检时，我看到两扇门，门上贴着男女标志，李翀说这是厕所。我也以为是厕所，就继续往前走，结果被工作人员指示说那两扇门就是安检门。进去之后发现里面是一个小屋子，工作人员在我们身上一通乱摸之后，放我们进入了出发大厅。所谓出发大厅，其实也就是一个小房间，没有任何电子屏幕显示航班情况。

我们坐在大厅里百无聊赖，突然有人喊“飞机来了”，大家就纷纷拎着包去排队。可是工作人员并没有说这个航班是飞哪里的，所以我们只能自己冲出门走到飞机旁，把机票给工作人员看。如果不是这班飞机，他们会说，No no no，back。

我们惊呆了。机场竟然还可以这么玩，这么任性，这么随意的吗?

然而，我们不知道，冒险之旅才刚刚开始。我们乘坐的飞机类似于电影中的私人飞机那么大，所有的行李都装在机头和机尾。当地人还把活鸡等生物也放进行李舱内。机舱只能容纳18个人，加上正、副机长和一位空乘。空姐热情地指示大家坐好，并没有说系安全带、关闭电子设备之类的话。我好奇地看了看她，她微微一笑，摇了摇头。那个笑容似乎在告诉我，起飞之后你就知道了。

小飞机轰隆隆地起飞了，大家拍照的拍照，说笑的说笑，空姐拎着小篮子挨个儿发糖。我们几个人都没有这样的乘机经历，就觉得每个细节都是段子。坐在机舱里可以看到驾驶舱，驾驶舱前方挂着一个类似汽车导航的东西，空姐说那就是导航。我……

飞机飞越海拔7000多米的安纳布尔纳山脉，窗外的螺旋桨发出巨大的声响，我想我可能坐的是战斗机。因为高海拔的原因，飞机颠簸得厉害，那时的我们才感觉到害怕。

汗斯问机长，安全吗?

机长用蹩脚的中文说，安全，安全，一年只掉两次……

全舱的人瞬间就没有了欢声笑语，每个人都系紧安全带，放下

了手中的相机，紧握扶手。这时我明白了空姐脸上似笑非笑的表情，好有深意。

40分钟后，机长一个180度掉头，让所有人感受了失重状态后，飞机降落在佐姆索姆机场。顿时，舱内掌声雷动，大家感觉捡了一条性命，谢机长不杀之恩。落地之后我搜索了一下佐姆索姆机场，机长说的是真的，这里的飞机每年会掉两次，一身冷汗。后来，有个朋友也要去木斯塘徒步，问我飞机安全吗？我说很刺激，他果断选择了坐汽车。再后来，他告诉我汽车更刺激。原来从博卡拉到佐姆索姆的大巴需要走整整两天，没有柏油路，旁边各种悬崖峭壁。吓死人的是，开车的司机，只要看到山上有佛像就放开方向盘，双手合十。朋友说那一路他无数次感觉自己快挂了，还不如坐飞机，来个痛快。

落地。下飞机的时候腿都是软的。工作人员示意自己去拿行李，就好像我们坐大巴车去机场一样，自己打开行李舱盖，找自己的行李。我们回程的时候同样坐的是这班飞机。那天晚上我们坐在客栈里，小邦说看着点天上，如果有飞机来了咱们就去机场。因为客栈距离机场只有200米。佐姆索姆的机场大概和国内的机场大巴候机处一个等级，一个小房子，几个工作人员，同样是像厕所的安检处，同样没有任何指示。而佐姆索姆是木斯塘地区的首府，也是古代与西藏通商的重镇。

在佐姆索姆的客栈里休息了片刻，我们开始了接下来艰难又刺激的徒步之旅。这个地方、这一路最好的是客栈，虽然都是很小的房子，但收拾得非常干净。菜单上除了中餐之外，牛扒意粉应有尽有。老板说，他们的厨师都在加德满都培训过，尼泊尔的主要产业就是旅游业，外国人比较多，所以政府非常重视。相比国内的徒步，在食、宿这两大问题上，这一路的体验都还不错，只是没有中餐的日子，实在是难熬。

暴走到失忆，淘不到珠子

佐姆索姆—卡格贝尼

从佐姆索姆到卡格贝尼只要徒步2个小时，卡可河和木斯塘河两条支流汇聚在这里，形成卡利甘达基河。李翀说这不就是札达嘛，一路尘土，土林林立。这样的景观几乎贯穿了我们整个徒步路线。后来我们看地图才发现，这里和札达土林其实是喜马拉雅山脉的两侧。而我们此行的最终目的地就是仲巴边境。

卡格贝尼—曲桑—策勒

我们沿着卡利甘达基河一路上行，顺着满是风沙的小路在风景如画的山谷里上上下下。首先到达的是唐贝村。狭窄的巷子绕过白色的房屋，田野种满大麦、青稞和苹果树。从这里向曲桑前行，需要跨过一条河，才能抵达卡利甘达基河从悬崖上滑下的巨形红色岩石上。策勒就在那之后的一个小山脊上。

策勒—香波切

离开策勒的下一站是Eklo Bhatti。之后我们登上了海拔3624米的塔克兰垭口、穿过一片高原就看了Tilicho峰、Yakawa Kang和Damodar Danda，然后到达萨玛村。一路上，我和汗斯走在后面，因为要拍摄所以走走停停，我果断选择了殿后。而汗斯因为体力太好，在等我的空当找了个舒服的地方拿出书开始学习。

汗斯，你看啥书呢?

背单词呢。

嗯，这就对了，你有单词就可以闯天下，学什么英文。

汗斯总是在我们快抵达下个休息点时才从上一个休息点出发，但可以与我们同时到达。所以我非常、特别、尤其地“鄙视”他。

沿着萨玛村后的小径一路爬升到山脊边缘，再沿着山脊石阶下降到一条溪水旁，经过三个小时的徒步，我们到达香波切。在溪水环绕的松林地带，我们像当地人一样点燃了松枝祈求神灵庇佑，然后去了朗穷洞。

这一路，狂野又荒芜，能听到的也只有自然和动物的声音以及我们的呼吸声和脚步声。我们没有对话，每个人都默默前进。这样的行走更像修行，自己和自己对话。感受风，感受步伐，感受自然，感受生命。

香波切—嘎米

我们在香波切住了一晚。第二天早饭过后，沿着山路继续上行，沿途经过了一些藏式的茶社、神龛和村庄，到达海拔3850米的雅姆达垭口。这些村庄和藏区的房屋一模一样，当地人也和藏族人没有区别，只是语言不同。李翀一路都在低头寻宝，到了村庄就找

当地人闲聊，手里的纸币随时备着，准备出手收珠子。

接下来的行程有些苦、有点漫长。我们爬了几个山口走过一条白杨大道，穿过种满大麦的田野，终于抵达了垭口，海拔4010米，后来又一路下行，到嘎米过夜。嘎米是这一地区第三大的村庄，被大片的贫瘠土地包围着。

在路上我们遇到了一个女孩儿，矫健地前行。不一会儿又来了一位背夫，他问我们有没有看到一个外国女孩儿，说那个女孩儿走得太快，超越了他这个向导。但我们的向导昂迪，体力和速度比汗斯更厉害。晚上回到嘎米的客栈里，我和昂迪聊大，他说他出生在这里，为许多国家的摄制组做过向导。我说你有夏尔巴人的潜质，

可以去登珠峰了。昂迪说那个太危险，他更喜欢在陆地上走。桃子过来说，索以你可以啊，用单词都跟昂迪聊这么久。我说闹呢，汗斯都能聊，我怎么着不得比他强点。

老板娘热情地邀请我们参观佛堂，里面有各式各样的珠子手串。我和李翀说你的票子有地方花了，他说全是假的别看了。墙上有块巨大的布遮着一张唐卡，在我们的再三请求下，老板娘拉开了幕布。一幅古老的刺绣唐卡呈现在了我们眼前，李翀说这是好东西啊，一看就上百年了。虽然历经风霜，但是唐卡的细节依然清晰可见。李翀软磨硬泡地要老板娘卖给他，可是老板娘说这个不能卖。后来李翀回到拉萨后告诉我说，那幅唐卡至少值5万美金。

嘎米—察让

从嘎米到察让的路，刚开始还比较平坦，但经过嘎米河后，沿着一条主路一路攀升到了高原上的几个山口，路线陡峭。这里有一道长长的玛尼墙，相传莲花生大师在这里驱魔后，将恶魔镇压于此。相比石渠的玛尼墙，这里的玛尼墙少了些气势，但可以看出早期佛教的样子。

之后的一段路是虔诚的佛教徒们用石板铺出的一条朝圣之路，但不太长便又回到了山路。我们向东朝察让村前行。察让村坐落在察让峡谷的顶端，有美丽的田野风光和很多藏式寺院，房屋用柳树和石墙隔开。察让的建筑和阿里地区的建筑非常相似，保留了曾经的王宫建筑。由此可知为何木斯塘地区如此像西藏。这里的人、这里的建筑、这里的风情与西藏几乎无异。只不过曾经的王宫早已繁华不再，留下了红色的宫墙。就好像阿里的古格王朝一样，荣光已逝，但传承依旧。

我们被邀请到寺院中喝茶，李翀看到他们制作酥油茶的方式后说，西藏都改用机器了，没有想到这里还是最传统的手工制作。

队里有个姑娘叫芳芳，“90后”，穿着一条黑色皮裤，每天都走到崩溃。我们开玩笑说，你是第一个穿皮裤徒步的旅行者，于是大家都叫她“小皮裤”。小皮裤每天都准时起床出发，生怕大家把她落下，每天都硬着头皮前进，因为她知道往回走还不如继续往前走。人就是这样，只要有希望，无论身体受多少苦，其实都能抵达。

这一段路是这次徒步路线中最艰苦的一段，连续高强度的翻山越岭，疯狂暴走到简直要怀疑人生。期间他们说要去看莲花生大师的修行洞，我说我走不动了，你们去吧。于是便一个人坐在山谷里休息。没有大家的陪伴，整个山谷里只剩下我，我开始害怕，开始胡思乱想。如果遇到野兽怎么办，如果遇到塌方怎么办……我从未如此害怕过，即使我已经累到走不动。于是我坚持着站起来，选择追赶他们。那种孤独与无助让我知道，户外运动一定不能随心所欲，一定要在安全的前提下，否则后果不堪设想。在抵达目的地之后，我倒头就睡。返回时再次经过这里，我居然一点印象都没有了。那一段路，我走到了失忆。

HOTEL ANNAPURNA
RESTAURANT & BAR
STD, ISD
INTERNATIONAL
Telephone Service

祖国的泡面，仲巴的界碑

察让—珞曼塘

从察让到珞曼塘的这段徒步路线，伴随着壮美的雪山景色，一路能看到尼尔及日峰、Tilicho峰、安纳布尔纳一峰和布里库提峰。我们早晨出发，一路下到察让峡谷底部，跨过河流，沿山路上行，然后缓慢上升到海拔3850米的风沙地带，从那里能看到珞曼塘山谷。再下撤到珞曼塘，城墙包裹的城市加上其背后与西藏接壤的山峰，让这里看起来雄伟、神圣。

我想知道这条山路到底有多长，在这深山之中，沟套沟，壑接壑，随便拐一个弯还是沟，总也走不到尽头。我闭上眼睛，让心神

匍匐于地，祭拜本真的光。

路途遥远，山高水长，唯有坚持。我们终于到了珞曼塘，站在垭口，挥舞旗帜。我们呐喊神的孩子都要来木斯塘，我们抵达了徒步的终点，却开始了全新的认知。这一路我都在问昂迪，哪里有中国的东西卖，哪怕是榨菜也好。昂迪说珞曼塘有，这似乎成了我前进的最大动力。抵达珞曼塘之后，直奔小卖部。店里有老坛酸菜牛肉面，有红烧牛肉面，还有榨菜。回想这一路每天吃的达尔巴、意面、土豆，泡面简直就是我最想吃的东西。晚上找老乡买了一只鸡，小皮裤和桃

子下厨做了土豆炖鸡，那也是我此生吃过的最美味的中餐。人只有在经历了没有之后才懂得拥有的幸福，即便只是一口饭。

李翀在村子里转悠了几天也没有淘到满意的珠子，他说都被别人淘完了。我说别瞎淘了，咱还是去西藏找矿吧。之后他买了地质锤，每到一处就蹲在地上刨土，希望能找到宝石，发一笔小财。2017年6月，我们带着地质小锤前往阿里，采矿寻宝。

珞曼塘—中尼边境

南嘉寺坐落在山顶上，在当地的族群和政治上都被认为是很重要的一座僧院。这里有保存得非常完整的壁画，颜色亮丽，仿佛新绘制不久。壁画的内容与古格大殿内的非常相似。距离珞曼塘不远有一个叫秋瑟洞的地方，其形态与东嘎皮央一样，都是在山体上挖洞造屋。

最终，我们抵达了边境线，界碑的另一侧写着“中国”二字。铁丝网的那一边便是我中华大地，迈过去即可抵达仲巴。

道拉吉里的佛光，神的孩子望故乡

珞曼塘—曲桑—穆克提纳斯—佐姆索姆

我们沿着另一条路从珞曼塘返回，去达克玛探访有1200多年历史的古寺嘎尔寺，相传这是世界上第一座藏传佛教寺庙，早于山南的桑耶寺，这里主要供奉的是莲花生大师，也以岩画著名。

穆克提纳斯的午后，我们在这个极小的村庄里闲逛，路边零星有摆摊卖尼泊尔手工制品的。李翀说这啥破地方，毛线都没有。

一位摊主大姐挥舞着手中的毛线帽子喊着，毛线，毛线。大姐并不懂得此毛线非彼毛线。

在穆克提纳斯的山坡上，一座印度教寺院和一座佛教寺院比邻相伴。印度教的信徒在寒冷的、结着冰的水池里苦修，佛教的僧人

在屋里打坐。几十米间隔，两种完全不同的信仰独立存在。

夜幕时分，来自世界各地的人们围坐在火炉旁，讲述各自的旅行故事。桃子此行是跟着父亲老宋一起来的，我们说，这是现实版的《爸爸去哪儿》啊。老宋生活在昆明，50岁以前，他信奉的是龟息大法，他说乌龟不动，所以长寿。于是他每天坐在沙发上一动不动，桃子说，家里的沙发只要他爸坐过的地方，都有个坑。有一天，他不想开车，就从家里走到了公司，他发现感觉挺好，就开始每天走路上班。后来，老宋放弃了龟息大法，每天背着沉重的器材开始徒步锻炼。老宋说徒步的时候发现抽烟不好，又开始戒烟。老宋的戒烟方法特别牛。他买了两条烟，坐在他专属的沙发坑里，从

早上开始抽，一根接一根，抽到两眼发绿、头晕恶心之后，再也不抽了。自此，老宋开启了健康的生活方式，登了哈巴雪山，还跟着汗斯去了新疆克勒青。

三哥来自深圳，在路上三哥和我聊天。他说现在什么都有了，但是体力没了。说他很羡慕我们这帮孩子，这个年纪可以选择这样的生活方式。我说我们什么都没有，所以才敢这么玩。三哥说物质迟早会有的，经历只有一次。这些年，三哥走过很多地方，带着儿子一起徒步。他希望自己的孩子不要忙碌于生存，应该多享受生活，增加阅历。

三哥的话对我触动很大，因为我时常困惑。当我看到同龄人物质生活越来越好的时候，当我看到同学们带着孩子享受生活的时候，我就困惑。我觉得自己选择了错误的道路，虽然在物质生活上我不是很差，但在婚姻生活上我一直愧疚于父母。我是否活得太过自我，只想着满足自己的欲望而不顾及家人的感受？可是每一次旅行之后，留下的文字、影像又一次地告诉我，相比朝九晚五的重复，这样的生活方式起码让我的每一天都充满向往。我盼望着第二天的阳光，而不像曾经在“盒子”里抵触第二天醒来。我可以坐在电脑前写自己的故事，可以每天发不同的照片给大家看，可以到处去给朋友们讲故事。当然，我也坚信我会有幸福的婚姻，在经历了这些之后，我也有资本带着家人一起去看世界，让我孩子从小就知道，世界很大，人生应该更加精彩。

房间内，大家各自讲述着自己的故事，而窗外霞光万丈，我拎着相机就往天台跑。因为眼前出现的，正是难得一见的世界排名第七的道拉吉里雪山的佛光。

道拉吉里，被称为“白山”，梵语直译为“达哈瓦拉·吉里”，巨大的山体绵延50公里。它位于尼泊尔中北部喜马拉雅山山地、河水很深的喀利根德格河（Kali Gandak）峡谷的西面。有许多超过7620米（25000英尺）的冰雪覆盖的山峰，其中有道拉吉里Ⅰ号8167米、道拉吉里Ⅱ号7751米、道拉吉里Ⅲ号7715米，道拉吉里峰Ⅳ号7661米和道拉吉里Ⅴ号7618米以及道拉吉里Ⅵ号7268米。道拉吉里Ⅰ峰海拔8167米，是世界最高的山峰之一。该峰南面有一高达4600米的峭壁，由于山峰陡峭，且气候严寒，使人很难攀登到山顶。直到1960年5月13日，艾舍林（Max Eiselin）率领瑞士远征队登上了峰顶。此峰之名源于两个梵文字，意为“白色山脉”。

回首这一路，写下这句话：有光的地方，就可以绘画。画一幅，神的孩子望故乡。

佐姆索姆—博卡拉—加德满都

回到佐姆索姆，回到有信号的世界，我们再也没有过去这些天坐下来聊天的美好。每个人都拿着手机，每个人都有处理不完的事情，每个人都回到了现实。我喜欢徒步很大的一个原因就是可以去没有信号的地方。有信号就代表着有事，有事就会影响心情。我是一个特别害怕手机响的人，城市中的我，无法脱离网络的世界，我也同样有事没事就看手机，每天刷着朋友圈、看着各种资讯、处理

着各式各样的事情。可是只要出发，我就不希望它再打扰我。我们忙着拍照，忙着发朋友圈，然后不停看手机，等着点赞和评论。生活中那些本该有的体验，如今却都挪进了朋友圈。可在荒郊野外，丢失手机信号，却找到了最真实的自己。

我们再次体验了小飞机的刺激，回到博卡拉。在博卡拉的韩国烤肉店里，服务生一直站在旁边看着我们，后来我们才意识到他是希望我们快点烤，不要浪费那一小罐宝贵的气体。在我们生活中看起来不足道的物品，在这里常常被视若珍宝。

旅行不断地告诉我，由于生活条件的不同，哪怕是一罐气体，都可能是他人的救命物品。我们在感受的同时也不断审视自己，然后让自己变得更好，或许这便是旅行最大的意义。

至此，我们走完了木斯塘。我们用数年时间徒步喜马拉雅山各处，有生之年，徒步印度巴基斯坦边境线，围绕喜马拉雅山转一圈的梦想也一定会实现。李翀骄傲地把这称为“伟大的喜马拉雅”超级大环线。

今时今日，我们穿梭于过去和现在，自然的不变，生活的变迁。在变与不变中，感受生命的延续，这是一条亘古的路，也是一条迈向未来的路。愿我们慷慨相待，愿我们互不伤害，愿明天有阳光。愿既往不恋，当下不杂，未来不迎。愿世人一生心安宁。

阿里地区：
万山之祖、百川之源

伟大的喜马拉雅计划

你说大西藏有太多好玩的地方，你天天不睡觉，抱着电脑在地图上搜索，再配合地图去寻找。我总是说，你这个活我真干不了。你说你小时候只有一个玩具就是地球仪。

你说，索大你看这个地方怎么样？我说牛！你说，你在地图上做GPS轨迹做了三个通宵才找到路。

我已经不记得多少个夜晚我们住在一起，这些年我身边没什么特别交心的朋友，只有因为西藏相识的这些人能让我在忙碌之余得到快乐，而这些人大部分是通过你认识的。

2017年3月份在深圳，你说要做个最最最牛的线路叫“伟大的喜马拉雅”。

你说阿里王之后就再没有人开辟新路线，你说你要做新的阿里王。于是我们启程，去寻找那些秘境。我们跨越山川，寻找玛纳斯鲁；我们冲破冰雪，发现展穷冰川；我们凌晨4点去看冷布岗日；我们穿梭土林，寻找失落的城迹。我们穿越沼泽去探索地球上海拔最高的大湖。我们一路坎坷，风尘仆仆。

万山之祖、百川之源

阿里地处西藏西部，平均海拔4500 米，号称“高原上的高原”“世界屋脊的屋脊”。著名的喜马拉雅山脉、冈底斯山脉、喀喇昆仑山脉和昆仑山脉在这里相会，境外著名的印度河、恒河等和境内的雅鲁藏布江均发源于此，因此阿里又被称为“万山之祖”“百川之源”。这里山峦连绵起伏，湖泊星罗棋布，原野辽阔无际。阿里的文明史极其悠久，距今大约两万年以前，就已经有人类在阿里境内活动了。

“阿里”一词是藏语音译词，意为“属地”“领地”“领土”等，阿里早期为象雄王朝所在地。9 世纪中叶，吐蕃王室后裔吉德尼玛衮战败后逃至札不让（今札达县），娶地方官之女没卢氏为妻，生三子，三子分别建立了普兰王朝、古格王朝和拉达克王朝，史称“阿里三围”。阿里自然条件极为恶劣，但这里却有数不尽的风景，著名的神山冈仁波齐、圣湖玛旁雍措以及震撼人心的古格王国遗址均坐落于此。因此有人把去阿里贴切地形容为“身体下地狱，眼睛上天堂，灵魂回故乡”。

普士拉的兵站，绒辖沟的帐篷

为了伟大的喜马拉雅计划，我们再次从拉萨出发前往日喀则，途经羊卓雍措、江孜、扎什伦布寺，直达谢通门。谢通门名不见经传，可酒店里却有温泉游泳池。在海拔4000多米的高原上游泳，感觉好像溺了水，扑腾几下就没劲儿了。李翀和大家讲起当年在山南泡野温泉发生的趣事。他说在山脚下有一排简陋的小房子，每个房子外面都用藏语写着一些字，房子里冒着热气，当地老百姓在这里享受温泉。有一个屋子的外面放了好多拐杖，他问司机为啥？司机说这个池子是治疗关节病的，治好的人就把拐杖放在这里了。因为当地人都是裸着上身洗浴的，无论男女，所以他们同行的小姑娘说不好意思。于是，他们找了一个偏僻的、没有人的小屋，小屋旁边

用藏语写了名字，反正也看不懂，他们就直接进去了。出来的时候司机大哥皮笑肉不笑地看着他们，然后问了一句，病治好了吗？后来他们才知道，那间屋子是治疗妇科病的温泉池。那之后，他开始努力学藏文。

离开谢通门县，我们到了彭措林乡的平措林寺，然后从平措林寺后山的土路，来到觉囊尼姑寺看觉囊寺白塔，江孜白居寺的佛塔就是仿照觉囊寺白塔修建的。这个寺院地处偏僻，不为外人所知。我对寺院文化一直是一知半解，李翀倒是看得津津有味，他说总算找到了十万佛塔的鼻祖了。

定日县隶属西藏自治区日喀则市，地处喜马拉雅山脉中段北麓

珠峰脚下，是珠穆朗玛峰自然保护区的中心地带（扎西宗乡和曲当乡），东邻定结、萨迦两县，西接聂拉木县，北连昂仁县，东北靠拉孜县，南与尼泊尔接壤。定日县平均海拔5000米，驻地协格尔海拔4300米。在老定日前往卓奥友大本营的土路上，可以看到珠穆朗玛峰，在这里看珠峰不过是普通山峦的一部分，没有了世界第一的气势。对于很多事情，大多数人都只在乎第一。又有多少人记得住世界上海拔超过8000米的另外13座雪山？而我也是在亲眼所见之后，才记住了各个雪山的名字和排序。事实上，在我看来，另外13座超过8000米的雪山，无论是造型还是攀登难度都超过了世界第一高度的珠穆朗玛峰。

前往普士拉的路上，排名世界第六的卓奥友峰近在咫尺。普士拉垭口海拔5500米，在我行走过的所有垭口中，它是最高的。我记得之前看过法国勃朗峰的宣传，里面写着这里有海拔4000米的高山，可在西藏开着车就到了海拔5500米，在阿里地区还有海拔6000米以上的垭口，所到之处，脚下便是屋脊。

在西藏，你会经常看到“喜马拉雅五条沟”的宣传。它们分别是：亚东沟、陈塘沟、嘎玛沟、樟木沟和吉隆沟。西藏的海拔造就了这些2000米到5000米之间起伏的山谷。每一条沟都人迹罕至、风景壮美。我们此行便是去寻找卓奥友脚下的绒辖沟，那是一个距离尼泊尔一步之遥的美丽山谷。抵达绒辖沟兵站的时候，战士很诧异

地问，你们来干啥?

旅行。

你们是我这5年来见到的第二队游客，第一队是迷路了走到这里来的。他说。

我们想去中尼边境看看，开发一条徒步路线，村里有旅馆吗?我们问。

旅馆? 村里就没住几个人，你们还想要旅馆?

小战士非常热情地和我们聊天，他说好久都没有见到“城里人”了。因为尼泊尔地震，这里的房屋都倒塌了，只有少数修路的人和当地人生活在这里，小战士带着我们去往一个小商店。小店的老板热情地请我们喝酥油茶，而这个小店也是唯一可以吃饭的地方。到了晚上，修路的工人陆陆续续地进来吃饭，一个20岁出头的男孩儿看到我们甚是惊讶。聊天中他很自豪地说，你们知道百度贴吧上的绒辖沟吧吗? 我是吧主，里面有27个人呢。

我笑着说，这27个人是不都在这个屋里吃饭呢?

他说，估计是。

我们在小屋里煮着泡面、喝着酥油茶，听着他们讲述在这里生活的故事，感受最原始的西藏。夜晚来临，我们让女生住在店里，而我们则跟着战士们住他们的救灾帐篷。那些帐篷简陋至极，没有电，只有四张床。庆幸的是还有网络，我们自嘲地发着朋友圈，展示如此优越的待遇和住宿条件，毕竟起初我们是打算扎营的。

第二天一早醒来，绒辖沟开始下雨，当地人说从5月到9月基本都是这样的天气。虽然珠穆朗玛峰和卓奥友峰近在咫尺，但住在沟里却难见真容。绒辖沟最美的季节是秋季，漫山遍野的金黄色映衬在雪山之下。

我们告别了热情招待我们的当地人和战士，开车出发。走了没多久就遇到了那些修路工人，他们说前方因为下雨塌方了，通路至少需要三天，建议我们返回。回去之后，战士们带我们参观了他们的军营，这里是世界上海拔最高的哨所，他们站在这方寸之间，守卫着祖国的边疆。他们把青春和热血留在了这荒无人烟之处。去往边境远眺尼泊尔的计划虽然因为连日阴雨而落空，但这些经历是值得铭记的。

离开绒辖沟前往吉隆，路过佩枯措，它是进入阿里地区的第一个湖泊。在佩枯措的身后就是世界上海拔8000米以上山峰中，唯一一座全部在中国境内的雪山：希夏邦马雪山。

佩枯措，湖面海拔4590米，属半咸水湖，面积284平方公里。佩枯措位于希夏邦马峰西55公里处，北面有山地将其与雅鲁藏布江相隔，整个湖泊呈宝葫芦形。佩枯措的名气虽不及三大圣湖，但幽蓝的湖水和远处的希夏邦马峰构成了一幅美丽画卷。

希夏邦马峰海拔8012米，是世界第14高峰，藏语意为“天气严寒，气候恶劣多变”，这里冰川发达，冰塔林、冰裂缝纵横交错，

其中野博康加勒冰川是希夏邦马峰北边最大的一条山谷冰川，全长12.5公里。冰川发育的冰塔林景观更显奇异，宛若活生生的冰晶园林，冰塔林立、银光闪烁，站在远处眺望，阳光下的希夏邦马峰白雪皑皑，蔚为壮观。

去往吉隆的路上有一个很不起眼的小房子，房子里的崖壁上留有“大唐天竺使出铭”的石刻遗迹。若不是李翀告诉我们它的故事，或许我们就错过了这个里程碑式的地方。因为历史上吉隆沟曾是吐蕃与尼泊尔商贸往来的重要通道，又被称为“唐尼古道”或“蕃尼古道”。唐代使臣王玄策数次从这里出使印度，当年莲花生

大师、尺尊公主、阿底峡法师等人均从吉隆入藏，大成就者米拉日巴也在此地出生，所以从某种意义上说，藏传佛教发轫于吉隆。

吉隆，在藏语中意为“舒适村”“欢乐村”。相传藏王赤松德赞从印度迎请莲花生大师入藏时，大师途经吉隆沟，见此地山清水秀，风景明媚，不胜感慨，便将此地命名为“吉隆”。吉隆沟是印度洋暖湿气流的天然通道，翻越吉隆北部的孔唐拉姆山就进入了吉隆县，从县城一路向南抵达吉隆镇，海拔一直下降到2800米。这70公里的公路穿越了喜马拉雅山脉，从青藏高原的高寒世界到喜马拉雅南坡的亚热带风光，沿途植被的变化，使人感觉如到了另外一个世界，因此，吉隆又被称为“西藏最后的秘境”。

中国境内的马纳斯鲁峰

我们此行前往吉隆，不是去探沟，而是去寻山。马纳斯鲁峰位于喜马拉雅山脉中段尼泊尔境内，海拔8205米。是世界第8高峰。马纳斯鲁峰，被尼泊尔人称为“崩杰”，意思是“堆起来的装饰”，并视其为神山。在众多马纳斯鲁峰的照片中，全部是在尼泊尔境内拍摄。李翀在研究了地球仪之后发现，在前往贡当乡的路上可以拍摄到马纳斯鲁峰，于是我们前来探索这片未知领域。

在翻过三座大山之后，我们抵达了拍摄位置。马纳斯鲁峰就在眼前，可惜因天空云彩较多，不能看到山脉全貌。为了近距离看山，我们前往贡当乡。在路途上看到一个角度，我依稀记得我曾在《中国国家地理》上看到过。后来上网搜索后确认，就是我看到的那个角度，但《中国国家地理》的那张里没有马纳斯鲁峰。

我们抵达贡当乡，进村里去小卖部吃饭。卓玛说这里没有游客来过，我们是第一批。我们告诉他们，这里有世界排名第8的高山，卓玛笑着说还真不知道。

当地人说，冬季这里的雪山最美，但是要翻越村后的垭口才能看到。我们走到山脚下并没有发现车辙，这说明我们需要当地人领路才能找到方向，为了安全，我们果断放弃了独自前往探路的想法，返回村里的小卖部。卓玛叫来了村书记。书记是来自内地的援藏干部，他说一到冬天，通往村里的路就被大雪盖住了，整个冬季都无法离开这里。这里的人们世世代代都如此，这些年国家开始修路，希望早点通车。到那时，老乡们冬季生病了就可以去往拉萨了。

李翀说这里很贫穷，需要我们的帮助。于是，他当场就发布了给贡当乡捐助冬衣的活动。很快他便筹集到了足够多的冬衣，并找人送到了这里。书记表示感谢的同时说不用再捐了，这个冬季的衣服足够了。

这些年我们行走西藏，除了领略山河之外，始终都在做一些力所能及的事情。他们不知道身后的山峰那么出名，他们只知道这里是家乡。他们不知道也同样有人喜欢看雪山，他们只知道那是他们的神山。在这远隔千里的山谷中，他们保留了最淳朴的信仰。

寻找冈底斯山脉的主峰，冷布岗日

仲巴县隶属西藏自治区日喀则市的西部，地处中国的西南边陲、日喀则的最西端、喜马拉雅山以北、马泉河两岸，西衔阿里地区普兰县，北靠阿里地区革吉县、改则县，东邻阿里地区措勤县和日喀则市萨嘎县，南与尼泊尔接壤。雅鲁藏布江发源于仲巴县境内的杰玛央宗冰川，是国家级生态功能保护区。

冈底斯山脉的主峰并不是人们熟知的冈仁波齐，而是冷布岗日峰。冷布岗日位于冈底斯山脉中段，海拔高度7095米，周围一系列山峰组成一条近南北向的山岭。这里共有冰川101条，面积114.94平方公里，其中冰斗山谷冰川和山谷冰川39条，面积共75.17平方公里。悬冰川和冰斗冰川共62条，面积仅39.78平方公里。

前往仲巴的路上要翻越突击拉山，我们抵达的时候恰好是日落时分，遇见了彩色的夕阳。在阿里行走的日子，每一天的夕阳都是炫目的，阿里的天空像是从地上长出来的，因为它是彩色的。

由于抵达仲巴的时间较晚，我们选择第二天凌晨4点出发去寻找冷布岗日。李翀来之前就做好了GPS轨迹，我们沿着轨迹行车3个小时抵达拍摄地。可是天公不作美，眼前除了白茫茫的一片什么也看不到。一直等到上午10点钟，神山始终没现真身。大家说放弃吧。我说来都来了，再等等吧，雪山会给我们看一眼的。在继续等待了1个小时之后，冷布岗日终于露出了真容。从北边海拔5500米的布多乡看，形状如珠穆朗玛峰；从南边仲巴县城后面的草原看，状如金字塔。佛教对此山有多种描述，按照密宗讲，它象征密宗中本尊胜乐和佛母金刚亥母。还有的佛教徒则认为佛陀便居住在此山，它周围有五百罗汉侍守。本教认为此山是万山之王，是诸天神的住处，是天神下凡和升天的天梯，还有个本教神祇住在此山。可见，冈底斯山在西藏宗教中的崇高地位。

本教发源于冈底斯地区，对它的崇拜由来已久。巍峨的冈底斯山及其周围的湖泊、河流等大自然造就了崇尚自然界的本教，而古代藏族人又被这天地间的庞然大物所震慑，因此对它产生敬畏继而是崇拜心理，并尊它为象雄王国的神魂山。冈底斯山不仅是本教的发源地，也是印度教大自在天派的发源地。有些学者进一步推测分析认为，东南亚地区的许多宗教，诸如本教、印度教、耆那教、袄教皆属一个源头，最早都起源于冈底斯山。

有人说，一个人成长的过程就是逐渐认识到自己并非宇宙的中心。是的，随着年龄的增长，随着经历的事越来越多，随着我们走向更宽广的天地，我们越发感到自己无能为力的事其实很多，越发感到自己的渺小。人生的意义就在于此。虽然绝大多数人的路，都是平凡的路，绝大部分人的人生，都是平凡的人生。但面对广阔的世界，渺小的我们仍有存在的意义，那便是探索。

为什么去寻山，因为山就在那里。没有开拓者，我们就不会看到今天的阿里，不会看到那些壮美的山川。我们不敢称自己为开拓

者，我们只是在前人的足迹下继续前进，寻找就在路边却遗憾错过的风景。然后告诉人们，这里很美。上天给了我们这唯一的一次人生，每个人都有不同的路，每个人都要在广阔的世界中去探索出这条路，这就是人生的意义。

世界的中心，李翀的转山

前往帕羊的路上，小马哥的车后面留下一道水印。我闻到了汽油味，叫他赶紧停车。小马哥认真检查之后没有发现哪里漏油。我突然想到昨夜在仲巴时，是我把外油箱盖摁紧的。打开一看，油箱盖果然不见了。小马哥说，肯定是昨天加油的时候，工作人员忘记盖上了。我说，得亏你们车上没有烟民。

小马哥的车是老式的猎豹，除了喇叭不响哪里都响，但车的性能爆表，什么路况都能走。小马哥在后备厢里准备了各种修车工

具，还有许多条哈达，也正是因为小马哥的这些装备，我们探路的过程中，车出问题才能得到及时的解决。小马哥说哈达最好使，哪里坏了绑哪里。李翀说胶带才好使，哪里坏了贴哪里。我们总结说，小马哥修车去庙里，李翀修车去店里。所以后来当我们在狮泉河大修车的时候，修车师傅纳闷，为什么一台车裹得像木乃伊，一台车贴得像玻璃胶。

在喜马拉雅山与冈底斯山脉中间、仲巴至帕羊的途中，有一片神奇的五彩沙漠。由于天气寒冷缺氧，再加上早晚温差较大，早晨太阳升起时，沙丘的表层冰冻结霜，冷暖色浑然一体，沙漠如五彩地毯，在蓝天白云的映衬下显得格外神奇壮观。

这段路上，经常会见到有藏族人停下车撒土到柏油路上，李翀讲述了大巴桑的故事。原来在219 国道马攸木拉山口1449公里里程碑附近，经常会有大群的藏羚羊活动。由于藏羚羊天生胆小，对黑色的柏油路有恐惧感，因此经常会在公路附近徘徊，不敢到路南侧的草场去。藏族人就形成了习惯，走到这里的时候在公路边取土扔到公路上，为藏羚羊铺设越过公路的通道。

离开帕羊后，我们来到了普兰县。普兰隶属中国西藏阿里地区。位于西藏自治区西南部、阿里地区南部、喜马拉雅山南侧的峡谷地带及中国、印度、尼泊尔三国交界处。普兰自古以来就是西藏重要的对外贸易通道，为国家二类口岸，县城招待设施齐全，吃住方便。每年夏季、冬季，尼泊尔商人在普兰“国际市场”逗留做生意，更使普兰具“国际性”色彩。

住进酒店之后，两位姑娘说他们的洗手间里没有卫生纸。

那马桶边有没有水龙头?

好像有一个很小的。

恭喜你们住进了尼泊尔和印度人民的房间。

难怪有咖喱的味道......

姑娘们果断换了房间，因为她们实在不知如何使用双手解决便后问题。

山河湖海、家园文明，自然与生活相辅而行。有了山水、有了生活，就有了想象，有了更高层次的精神寄托。在神山之所，在圣湖之旁，在绚烂的阿里大地上，人们用自己的方式踏出一条信仰之路，随风而展的经幡，祈福的玛尼经石，那是人们寻求内心安宁的寄托。神山圣湖下的家园，生活的幸与不幸，都可以在不停的俯仰之间化为烟云。那些来自不同地方的朝拜者，沐浴着玛旁雍措的圣水，沿着冈仁波齐的转山路回归家园。没有开始也没有结束，所有的世间万物在这里都会归于自然。所有的这一切，都昭示着生命的意义。天地之间，任何一种生活方式都是值得被尊重的。

人们习惯将冈仁波齐、玛旁雍措、拉昂措描写为“神山”“圣湖”“鬼湖”等，而在古代藏文典籍中只有“魂山魂湖”这样的描述，并没有所谓“圣湖”“鬼湖”的提法。据考证，“玛旁”与“拉昂”均为古象雄语，是古代两个女神的名字，她们分别掌控着“拉昂措”（金湖）和“玛旁雍措”（玉湖），其地位是相等的，

并未有所谓的“圣湖”和“鬼湖”之分。

拉昂措为咸水湖，湖面海拔4574米，面积268平方公里，其藏语意为“有毒的黑湖”。其湖水人畜皆不能饮用，靠近玛旁雍措的一边水草丰美，水鸟无数，而相隔不远的拉昂措湖岸周围则植物绝少，一片死寂，平日里也是无风三尺浪。两湖之间是进出普兰县的必经之路，行至湖畔的公路上，便会更真切地体会到拉昂措迷人的景致。尽管杳无人迹，但同玛旁雍措相比，这里的湖水更是蓝得令人心醉。据考证，拉昂措与玛旁雍措曾经为一整体，后因湖面下降，才分成了两个湖，至今两湖间还有一河相通，圣湖的水可以流到鬼湖中。传说两湖湖底也是相通的，如有一天圣湖之水沿河槽流入鬼湖，且金色鱼与蓝色鱼也游入鬼湖，则鬼湖的水也会变得像圣湖之水一般清甜了。与玛旁雍措相比，拉昂措一直被冷落，这主要是因为强加于它的传言：它是罗刹王的主要活动之所，印度古代史诗《罗摩衍那》中诱拐美女斯达的九头罗刹王就住在这里。

玛旁雍措身为西藏三大圣湖之一，同时也是西藏海拔最高的淡水湖之一，湖面海拔4588米，面积412平方公里，为西藏第十一大湖。其藏语意为“不可战胜的碧玉湖”。据说，玛旁雍措得名于 11 世纪在此湖畔进行的一场宗教大战，结果，藏传佛教噶举派大胜本

教，便把已经沿用了多个世纪的玛垂措改名为玛旁雍措。佛教徒认为，玛旁雍措的湖水来自神山的融雪，是胜乐金刚赐予人间的甘露，用它来洗浴能清除人们心灵上的五毒，清除人肌肤上的污秽。饮此湖水，可祛除百病、强身健体。朝圣者如绕湖转经，可得功德无量。

许多宗教典籍和传说都曾描述过玛旁雍措，藏文古籍《冈底斯山海志》中是这样记叙的：圣湖玛旁雍措中有一座广财龙王的龙宫，龙宫中聚集了世间众多的财宝。来这里朝圣的人，只要绕湖一圈或者在湖边得到湖中的一条小鱼、一块小石头、一根飞鸟的羽毛，便算是得到了龙王的赏赐。唐朝高僧玄奘在其所著的《大唐西域记》中对玛旁雍措也有所描写，称之为“西天瑶池”。在印度的神话中，玛旁雍措是湿婆（湿婆为印度教主神）用意念形成的，因为这里是湿婆和他的妻子喜马拉雅山的女儿乌玛女神沐浴的地方，所以湖水成了圣水。有8座寺庙围绕圣湖，正好分布在湖的四面八方。东有直贡噶举派的色热龙寺，东南有萨迦派的聂果寺，南有格鲁派的楚古寺，西南有主巴噶举派的果祖寺，西北是以五百罗汉修

行的山洞为基础建起的迦吉寺，西有主巴噶举派的基乌寺，北有主巴噶举派的朗那寺，东北有格鲁派的本日寺。

纳木那尼峰，海拔7694米，位于喜马拉雅山西段，与海拔6638米的神山冈仁波齐峰遥遥相对。纳木那尼峰被称为“圣母之山”或“神女峰”，山如其名，千百年来一直如母亲一般默默守护在圣湖玛旁雍措和鬼湖拉昂措的身边。

冈仁波齐峰海拔6638米，位于西藏阿里地区普兰县境内，是冈底斯山脉的主要山峰之一（冈底斯山主峰是冷布岗日峰）。冈仁波齐峰被称为“神灵之山”，它是西藏乃至整个世界最神圣的雪山，同时被藏传佛教、印度教、西藏本教以及古耆那教认定为世界的中

心。藏传佛教认为冈仁波齐神山为本尊胜乐金刚，是世界的中心“须弥山”。印度教徒称之为“凯拉斯”，在梵文中意为“湿婆的天堂”。除了宗教上的意义外，单纯从美学的角度来看，冈仁波齐也绝对称得上最美的雪山。不管从任何的角度看，它都有着非常对称、近乎完美的锥形，如同一座巨大的雪山宫殿，极具视觉和心灵震撼力，让人不由得心生敬畏。冈仁波齐周围共有5座寺庙，在外圈转山沿途有曲古寺、止热寺和祖楚寺，内转会经过色龙寺和江扎寺，五座寺庙都保存有丰富的雕刻、塑像、壁画等文物。

在这片古老的土地上，信仰是一种精神力量。对于神山冈仁波齐的崇拜，是基于藏族先祖崇信古老本教而形成的一种仪式。而他们对于自然万物的崇敬也是一样的，都是原始信仰的延续。这种信仰的变迁是外来宗教接受并吸收本土宗教的神祇和仪轨而逐渐完成的。

我们在普兰的时候，恰好电影《冈仁波齐》上映，李翀每天晚上蹲在椅子上写字。一边写一边说作家还真不好当，平时叨叨可以，真的写成文字只能总结为两个字：词穷。如今转眼就是一年，我翻出来他曾经写下的故事分享给大家：

相逢的人，会在西藏再相逢

文　西藏-假想敌

戒酒的汗斯，再赌两瓶酒啊

翻过了卓玛拉垭口，由于没带客人，我和汗斯越走越快，不久就追上了一个藏族背夫，他背上只有一个小背囊，看来是没带客人自己来转山朝圣的。我们没有太留意，继续往山下走。不知道藏族小伙子是不是因为不服输，也逐渐加快了脚步，几乎和我们并驾齐驱。走了几分钟他忍不住开口问我们，藏族？汉族？

我们说，汉族。

他一脸不屑地说，速度可以嘛。

汗斯年轻气盛地说道，你也不错嘛，那要不要比比看？

藏族小伙子显然不相信两个汉族人能走得这么快。谁先到宗堆茶馆就赢200块钱怎么样？藏族小伙子一脸自信地说。

汗斯一听这个来了情绪，马上加快脚步，两个人一溜烟地就把我甩到了很后面。打赌的地方在祖楚寺，距离出山的宗堆茶馆还有6公里，两个人几乎一路小跑。走到一半，藏族小伙子忽然气喘吁吁地冒出一句，我没带钱……

汗斯说那要不赌两瓶啤酒吧！说这话的时候，其实已经是他第七次跟我说要戒酒了。

走到最后，两人几乎同时到达了宗堆茶馆，算不分胜负。藏族小伙子悄悄跑到房子后面呕吐，汗斯喝着拉啤，盼着见到我赶紧炫耀一番。我问他最快转完一圈估计要用多久时间，汗斯说大概9个小时吧。这是很了不起的速度，我最快一次转山12个小时完成，回到塔钦已经和废人没什么两样。

冈仁波齐转山全程54公里，当地人一般都是天不亮就出发，下午赶回塔钦吃晚饭，据说当地最快纪录是8个小时左右，而游客大部分需要两天的时间才能转完。

如今汗斯跑去了北京，我一个北京人常驻西藏，他戒酒的事估计不知道又说了多少次，我们未来再一起转山也不知道是猴年马月的事了。

没错，我抢了你的营地

乌拉在神山志愿者之家当了两年的志愿者，志愿者之家的任老师想让乌拉留下接他的班，可乌拉心太野，不愿意留在这个鸟不拉屎的小镇，没有姑娘的日子是没法想象的。

回到灯红酒绿的大城市，乌拉搞了个户外俱乐部，开始带商业

队转山。那年头玩户外的还都混在8264和磨坊上AA制约伴，像乌拉这样又有经验又有商业头脑的领队没几个。其实这些都是我后来听说的，那时候我还不认识乌拉。

我们的缘分从2012年开始，那年我带队转山，当领队我还是个菜鸟，自己也只转过一次神山。好在队员特别给力，体力都超乎想象地好，第一天就翻过了垭口。一般的队伍转山第一天都住在止热寺，因为止热寺过后就要连续爬升600米，一直爬到转山全程的最高点——海拔5640米的卓玛拉垭口，然后再顺着超陡的下坡一路下山，所以将翻越垭口的行程安排在第二天是最合理的。

由于我们出发得早，走到止热寺时才下午1点，我和队友们商量了一下，决定当天翻过垭口。在垭口附近，我们遇见了一队上海的驴友，大概十多个人。我怕山下的营地没地方住，就跟队友说我前面先走，赶去占营地，你们后面慢慢溜达。我快速超过了上海队之后，一路小跑下山，顺利抢占了营地。

大概过了1个多小时，那队上海驴友走进了帐篷，老板说没床了，我心想幸亏哥们跑得快。协调了半天，老板才给他们安排一个临时帐篷，十多个人挤在一起也不知道怎么睡的。有了这样的对比，即便睡在我们那个四处漏风的帐篷里，也觉得特别安稳。第二天早上爬起来，上海队的领队对我说，哥们儿走得够快的啊。我也回敬道，你也挺厉害啊，带这么多人。假惺惺地互相吹捧完，道别后各自出发。

几个月后，一起玩户外的一个姑娘说要给我介绍个朋友，然后我就收到了一条微博私信：还记得我吗，哥们儿。发件人的名字叫乌拉。我一丁点印象都没有了，只好客气地回复说抱歉，再回过来的信息是：你抢了我的营地。

背着姑娘朝圣的小伙子

四月初，我在拉萨又见到了丁丁，金犀牛奖获得者，中国户外圈的奥斯卡，最早推着自行车穿越三大无人区的大牛。

上次请丁丁吃饭的事还心有余悸。丁丁一个人吃了两斤手抓羊肉、两份面片，愣是没吃饱，说是我第一次请客没好意思甩开腮帮子吃，吃完饭又补了半个西瓜和四扎啤酒才心满意足。由于上次落下了后遗症，我下意识地摸了摸钱包，厚厚的，心里才踏实了一些。

找了个小饭馆落座，席间闲扯问丁丁这次来拉萨要开发什么高大上的路线，丁丁答，转山，适应性训练。

我们一脸蒙逼，你去转个山还用训练？丁丁也不抬头，目光全在盘子上，嚼着半块羊肉嘿嘿一笑。我也不好再多问什么，都以为是个玩笑。

两个月后，汗斯带队转山回来跟我说，记不记得上次丁丁说的那事？我早就忘到西天去了，反问，哪件事？

汗斯说，丁丁跟咱们吃饭完就去塔钦了，在卓玛拉垭口那到处找老太太，逢人便问，“阿妈啦，我背您翻山吧！”出了名了，整个塔钦都知道了。

我看了看汗斯，不像开玩笑的样子。他不是羊肉吃多了有劲没地方使了吧，我实在搞不明白丁丁这是抽什么疯，就算马年转山一圈顶往年的十三圈，也没必要这么折腾吧，背着人攒功德？

汗斯递过一罐可乐，坐在台阶上打开了话匣子。原来丁丁真的是去适应性训练，因为他答应了一个朋友要带她去转山，那是一个非常热爱西藏的姑娘，可却因为一次意外，那姑娘再也离不开轮椅。姑娘最大的心愿是马年转一次神山，可她知道这是个遥不可及的梦，而丁丁就是她的双腿。

聊完，我俩沉默不语，汗斯一扬脖干掉了最后一点可乐，我忽然有些冲动，下次丁丁再来，手抓羊肉管够。马年有形形色色转山的人和故事，我甚至听说有人转了108圈，假如胜乐金刚真的坐在冈仁波齐的峰顶上，估计也会看见有个背着姑娘的小伙子走在朝圣的路上。

寻找失落的古文明

历史，将逝去的故事用时间这条线索串联，不能还原却真实存在。探索古往今来的历史，依靠考古发现、口耳相传、代代追溯，逐渐整合那些似乎存在却又无法准确判断的片段。行走阿里，那些遗址、那些现实生活中纵贯而来的一切，让我们不禁要思考，在远古的历史长河中，这片土地上的曾经是怎样的一种存在？

偏离219国道，进入札达腹地，寻着历史的遗迹回望当年的朝台。

古入江寺，是阿里地区现存唯一的本教寺庙，坐落在象雄琼钦崩巴山麓。不可否认的是本教文化开创了源远流长的藏族传统文化，也是藏民族在其历史发展进程中创造的，独具地域文化特色，民族传统心理审美特征的文化形态，在佛教正式传入吐蕃之前，本

教是高原各部落的精神依托。

2012年6月28日，中国社科院考古研究所与西藏自治区文物保护研究所联合对卡尔东遗址、门士境内的穹窿银城遗址及古入江墓地进行考古发现，古入江墓地分布着相当密集的象雄时期古墓群，年代相当于中原的汉晋时期，这些都与象雄都城穹窿银城有密不可分的关系。据参加考古发掘的专家介绍，修建墓葬所挖土方量及墓室石材的采集、加工和搬运需要大量的人力物力才能实现，这表明该地区很有可能离当时象雄国的政治经济核心地带非常近。

时至今日，古入江寺依然矗立在悬崖之上。在这些凋零的遗迹下，有时光的印记也有未曾磨灭的传承。冈仁波齐脚下逆时针行走的信徒们，就是对于历史的活着的见证。

帝国之都穹窿银城

在阿里日土地区，至今仍保留有石器时代的岩画，这说明青藏高原的历史可以追溯到千年之前。岩画中的祭祀、放牧、农耕的画面，在今天这里人们的生活中竟然依稀可辨。这些存在千年的岩石壁画似乎告诉我们，这里曾经拥有旷世的文明。近年来阿里地区陆续发现新石器时代和旧石器时代的各种器具，充分证明了数千年之前这里曾经富饶。

高原之上，藏族先民们生生不息。人们身处高原，因对于自然现象的未知形成了原始的宗教崇拜。可为何我们只知道古格王朝?

为何偌大的阿里地区只有一座本教寺庙？象雄古国是怎样的一种存在？行走在这苍茫的世界中，我们想通过这些遗迹去熟知这片土地的曾经。

象雄是个古老的词汇，按藏语音译，“象”在藏语中对应区穹，是神鸟的意思，雄是藏语雄侠的缩写，是山沟的意思，也是古象雄一个部落的名称，而这个部落名称就是取自远古神话中一种神鸟的名字，藏文发穹的音。实际上部落的人们认为他们是这种神鸟

的后裔，所以部落就以这种神鸟作为图腾和象征。札达县曲龙村境内有一处巨大的遗址叫穹窿银城。

无人机飞到500米的高度俯瞰这座城堡。它形似大鹏鸟展翅，羽翼上有各种颜色，城中的那些洞穴是人们的居所。山上有三个城堡，分成三个部分，一个在大鹏鸟翅膀尾部，另一个在胸部的位置，还有一个在山顶的最高端。山下是象泉河，宛如一条大蛇。

穹窿银城的断壁残垣依然矗立，仿佛诉说着历史的沧桑，千年的风雨侵蚀，山与城浑然一体。沿着古老的栈道而上，古堡的一个小台后有几个山洞，其中靠东边的一个山洞里布满了羔羊皮毛等，洞外山坡上到处都是羊角羊皮等物。眼前的一切无不昭示着在这里曾经有过千古的繁华往事。

翻阅历史典籍之后得知，象雄曾被称为羊同（杨童），在公元前5世纪以前，散落于高原的各部落逐渐结成联盟，建立起威震中亚的象雄王国。本教的经典里提到，象雄起源于18000年前，第一代象雄王叫车维赛杰夏尔京，在通典的汉代史记中有这样的记载，大羊同东接吐蕃，西接小羊同，北至于阗，东西千里，胜兵八九万，其人辫发，畜牧为业。

象雄王国的势力非常大，分为上象雄、中象雄和下象雄，上象雄王国的势力范围包括整个中亚，如伊朗，伊拉克两河流域的文明。中象雄王国是现在的阿富汗巴基斯坦，印度北部的这些地方。下象雄王国就是整个藏区。下象雄王国又分为上中下三个王国。分别以冈仁波齐玛旁雍措、当惹雍措达果神山、昌都为中心。

所有关于远古的想象被打开，并且无限放大

沿着荒原上的车辙前行，总是会遇到各种坍塌的遗迹。我不知道这些遗迹是否是当年象雄王朝的归属，但这些散落四处的历史碎片似乎想告诉人们，千年的沧海桑田，消失的文明，有迹可循的文化现象，记录着这片土地曾经的辉煌灿烂。

如今在冈仁波齐转山的人潮中，我们还能见到本教的习俗。这些习俗在传承的过程中，虽已不是当初的模样，但在朝拜者举手投

足之间，仍然留有历史的痕迹。神山与历史的共处，过去与未来的衔接，有太多的谜题，等着人们的探索和解答。

穿行在土林的层峦中，依然可以见到人们生活的小村庄。在他们的生活里，或许对于历史并不清楚，但在生活的点滴习俗中，那份对于神山圣湖的崇拜，那些玛尼石上刻下的文字，那些风中摇曳的经幡，本身就带着远古的气息，在这片土地上呼吸着、延续着。

在前往札达的路上有一处观景台。站在山巅，远眺土林，大自然的鬼斧神工不间断地雕琢打磨，成就了今天札达土林的辉煌壮阔。形态各异的土林组成了举世无双的奇观，既有整体上的宏伟气势，又有个体上的精雕细琢，极具视觉冲击力。札达土林的学名为“水平岩层地貌”，是经过流水侵蚀、历经数十万年而形成的特殊地貌，最厚处达300多米。土林以札达县城为中心分布，总面积约5000平方公里，核心区800余平方公里，是世界上最大的土林地貌之一。

土林的丹霞地貌是阿里的一大奇观，据地质学家考证，这里曾经是一个方圆500公里的大湖，是喜马拉雅山造山运动，使湖盆升高水位递减露出水面的山岩，历经风雨侵蚀，在壁立陡峭的山岩上，雕琢出今日的气势恢宏，形态多样，札达土林2007年被列为土林国家地质公园。

我们曾幻想海洋之下的世界，眼前的土林让想象不只是想象。眼前这些褶皱断层，经过风沙的磨砺，从遥远的海底升起，让匆忙而来的人们穿越于自然的变迁之中，见证这经年累计的荒凉。能够抵达这里的我们是幸运的，我们在行走中感受自己和自然的融合，在那些形态各异的土林之中。所有关于远古的想象，都被打开，并且无限放大。所有的生命存在都依赖于土地和水源，在这片高原之上，在神山圣湖之下。这里的人，这里的人所崇尚的自然和信仰，牵扯着咫尺天涯的人们来到这里，感受生命的错落。

王朝的覆灭与更迭，现实与过去的醉梦

阿里有三围之说，即普兰雪山围绕的地方，日土湖泊围绕的地方，札达土林围绕的地方。

每个抵达这里的人们，都试图用自己的视角去记录眼睛所看到的一切，而每一双眼睛下都有属于他的古格和札达。晨起时分，阳光映射在古格的残垣之上，像一层外衣拨开了它的灿烂与沧桑。这样的景致让历史与今天变得具体。在震撼于造物神奇的同时，有多少揣测会据此而出，又有多少置身于其中的虚幻。

眼前的黄土，眼前的无序层峦，眼前的楼台宫宇，与遥远的王朝史诗。这亘古的土林从遥远的海底跃然于世，高耸在世界之巅。带着远古的文明，让生命的迹象浮于这看似虚幻之中。

高原的尘土，掩埋了曾经的灿烂文明；雪域的阳光，映射了今日的生生不息。这片土地曾经的荣耀、如今的虔诚，并不会因为土林的苍茫而褪色。在那些遗迹的记忆深处，依然保存着荣耀的筋骨，在世界屋脊上继续吸引着远道而来的世人，供人们想象、感叹、惦念。

古格王朝遗址坐落于札达县城西18公里处的象泉河畔，整个遗址建在一座小土山上，建筑分上、中、下三层，依次为王宫、寺庙和民居。数百间房屋依山叠砌，层层相连，直至山顶，构成了一座

世上独一无二的王宫。从10世纪到16世纪，用700年左右的时间不断扩建而成，反映出古格王国数代国王的宏伟愿景，它的高度相当于现代160多层高的摩天大楼。即使在今天依然是西藏最大的建筑群之一，尽管古格遗址大多数建筑只剩断壁残垣，但我们还是能从中感受到昔日那种君临天下的王者气度。根据残存遗址的统计，有800多座庙堂房屋和近千孔可供家庭居住生活的洞窟。古格有着复杂的地道迷宫，接连着许多洞窟，但并非所有洞窟都生而平等，下层洞窟住着清苦贫困的百姓，他们是古格王室的基础，在极度严酷和干旱的气候中，洞窟成为人们最是舒适的生活场所。

古格泽德王时期疆域：东边的马泉河，普兰孔雀河，札达象泉河，嘎尔县和日土县狮泉河。

在西藏，历史总会穿梭其中。我们千里而来，除了欣赏风景外，还想看看曾经的辉煌与灿烂，如何在一夜之间化为尘土。

红殿和白殿是六座寺庙中规模最大的，面积各300多平方米，留存有700余平方米的壁画。古格是后弘期的发祥地，在阿里地区存在了700年，古格的壁画有很多记录，比如宣舞、庆典图，都还原了当时的生活场景。壁画有各类佛、度母、护法神、高僧像以及吐蕃赞普世系图。古格王及臣后礼佛图，释迦牟尼传记图，折叠式的壁画更是在西藏及敦煌壁画中少有的画风。壁画上的人物极具动感，数千人物绝少雷同，庙内天花板上的图案多达500多种，大部分为装饰图案，少量为飞天瑞兽题材。这些图案色彩浓艳、线条流畅，借鉴了印度、尼泊尔艺术的表现手法，充分体现了古格王国独特的艺

术气质和时代风格。

这些精美绝伦的壁画诉说着古格的繁华盛世，古格700年的繁华往事，在这一个个宫殿大门背后，绚烂无声。

古格王国灭亡的主要原因就是宗教，不丹噶举派的势力和拉达克整个地区，以噶举派的势力为主，打败了古格格鲁派的势力。一个存在了近700年之久的王朝，一座曾洒满阳光的城堡，变成了一座凄婉的空城。公元1630年，古格王国灭亡。

香孜古堡遗址位于札达县香孜乡，香孜意为北方高地，因这里土地肥沃，水草肥美，故为古格王国的夏宫，每逢夏季，古格王臣都要在此理政。遗址距今已有 700 余年历史，现存不少建筑、洞穴遗迹及精美壁画。

在香孜的检查站，警察很好奇我们为何来到这里，他说至今没有见到过游客专门来这里旅行。我们告诉他，这里有最壮美的土林世界，在我们返回的时候给他看了照片，他颇为激动地说：原来我们这里也可以开发旅游啊？

霞义沟土林比札达的更具气势，抵达这里时，大家一致同意扎营过夜。可不巧的是车上的食品不足，无奈我们只能返回香孜找旅馆住宿。那间旅馆其实谈不上是旅馆，只能说是80年代的招待所，墙上还贴着香港四大天王的海报。我们在旅馆楼下吃完饭，老板说微信扫码付款，瞬间便觉得很穿越。饭后，我们马不停蹄赶回霞义沟，拍下了宛如其他星球的土林世界。

晚上，我摸黑爬到最高处，架好相机，一直坚守到银河升起。由于土林地质松软，又是一个大斜面。我只能保持不动，稍微打滑就会翻滚到百米山下。

我常常说每一张照片的背后都是摄影师辛苦的付出，复制粘贴、转发都是很随意的事情，可你不曾知道复制的这张照片，可能是摄影师用性命换来的。我们愿意分享自己看到的瞬间，也很欣慰照片被更多的人转载。但只希望在转载的同时，告诉大家照片的作者是谁。尊重别人的付出，别人也会尊重你的付出。

岩羊又名喜马拉雅蓝羊，又叫崖羊、石羊、青羊等，体型中等，形态介于野山羊与野绵羊之间。雌雄都有角，雄羊角粗大似牛角，不过它的角不盘旋，但仅微向下后上方弯曲，可长达60厘米。母岩羊的角要小得多且简单得多，仅16厘米。岩羊无固定栖息场

所。一般栖息在海拔2100～6300米之间的高山裸岩地带，有较强的耐寒性。

王朝的覆灭与更迭在历史的长河中，不过是一夜之间。今天，那些战争与屠杀，那些辉煌与没落都留在了这些断壁残垣之中。对于来到这里的我们，古格不再是土林中冷漠的遗址，它与这片土地和生活在这里的人们，共同铸就了一幅幅精美的画面。王朝曾经的故事，盛世荣光的过去，夕阳映射的金光，让每一张照片、每一帧影像得以流传。它告诉世人，在阿里的土地上，你能看到过去与未来。

一措再措，寻冰挖车

新藏线即 219国道，北起新疆叶城县，南至西藏拉孜县，全长2138公里，平均海拔4500米以上，沿途翻越5000米以上的大山6座，垭口总计18个，途经数百公里的无人区，翻越举世闻名的昆仑山、喀喇昆仑山、冈底斯山、喜马拉雅山脉，是世界上海拔最高、条件最苦的公路之一。毫不夸张地说，这是一条铺在天上的进藏之路。沿新藏线北上，经狮泉河抵达日土县城。在日土县的马路边2米的地方就可以看到著名的日姆栋岩画，也就是八廓街丛白茶饮店的LOGO标志。

日土岩画是一种石刻文化，日土的岩画在西藏最具代表性。在西藏日土县境内的日松日姆栋、鲁日纳卡，日土山洞古壁画由坚硬的石头或其他硬物在岩面或岩石上刻凿而成，线条笔画有深有浅，还有少数彩绘画面。岩画内容十分广泛，有狩猎、宗教祭礼、骑乘、放牧、农耕、日、月、山、牛、马、羊、驴、羚羊、房屋、人物等。

日土县境内有多处原始岩画，新藏公路两侧多有分布。“日姆栋”在藏语中为“画面”的意思，在日土大量的岩画群中最具代表性，日姆栋岩画位于日松乡东南约1.5公里处，分布在玛嘎藏布河东岸山脚的岩石面上，距地面高度为1米至8米。

整个青藏高原是中国乃至世界上湖泊最密集的区域，据不完全统计，面积超过10平方公里的湖泊共计364个。在西藏境内，主要的湖泊分布为三大部分：即藏东南外流湖区，藏南外流内陆湖区，藏北内陆湖区。以上三大湖区尤以藏北内陆湖区湖泊分布最为密集，藏北内陆湖区总面积约21000平方公里，约占西藏湖泊总面积的86%以上，超过了我国湖泊总面积的1/4，这种湖泊密度不仅在我国，甚至是全世界范围内都是罕见的。

班公措

“班公”为外来语，意为“草地”，其藏语为“错木昂拉仁波”，意为“神鹅长湖”。班公措湖面海拔4240米，总面积约为604平方公里，中国境内部分约为400多平方公里，为西藏第六大湖。班公措东西长约150公里，南北宽2公里至5公里，最窄处不足百米，与其藏语名字的意思极为贴切。该湖最奇特之处在于它由东向西含盐量不同，湖东部我国境内为淡水湖，中部为半咸水湖，西

部印控克什米尔境内为咸水湖。班公措盛产高原裂腹鱼，是一种无鳞淡水鱼，这里还聚居着斑头雁、棕头鸥、鱼鸥、凤头鸭、赤麻鸭等大量候鸟，湖中心有著名的鸟岛，每年都会有数以万计的候鸟来此繁殖。

展穷冰川

在新藏线的最北端有个叫多玛乡的地方，午饭期间，听当地人说附近不远处有一个巨大的远古冰川。每次听到陌生名字的时候，我们就想去一探究竟。李翀联系了当地的朋友，找了一位熟知路况的向导带领我们前往。

向导大哥说这个季节去冰川的路不好走，机动车无法靠近。于我们而言，每一次寻找新的风景、新的路线，都带着一颗平常心，能否抵达并不重要，我们更享受寻找过程中的乐趣。在距离展穷冰川5公里的地方，一头野牦牛堵住了唯一的去路。

成群的野牦牛会主动逃避敌害，遇到人或汽车也会跑走，而性情凶狠暴戾的孤牛则恰恰相反，常会主动攻击在它面前经过的对象，甚至能将行驶中的吉普车顶翻，受到伤害的野牦牛不论雌雄，都会拼命攻击敌害，直到力竭死亡。

我们等待了半小时，即使我用无人机飞过去“骚扰”它，野牦

牛也没有离开的意思。无奈之下，我们选择穿越冰层，走河对岸的土路。绕过野牦牛之后不久，我们的车就陷在了冰雪里。好在小马哥比较机灵，看到我们的车前轮打滑就立刻停了车。由于两车的距离较远，拖车绳不够长，小马哥的车又只能在土地上。无奈之下只好顶着烈日，在冰面上舞动锄头挖车，可是车却越陷越深。在挖车的过程中，我和李翀徒步前往冰川，但走了2个小时都没能接近。只好飞起无人机拍摄了几张远景之后作罢。最终，在经历了4个小时的折磨之后，小马哥的哈达起了关键作用。我们把几条哈达和拖车绳连接在一起，在车前保险杠被拉断的情况下终于脱困。

后来我们开玩笑说，以后修车还是得去庙里，去店里不灵。

返回狮泉河的路上，李翀说，这次出来真够背的。绒辖沟没进去，展穷冰川没进去，如果阿果措再进不去，我以后就不来阿里了。

谁能想到，他竟然永远留在了阿里。

仁青休布措的繁星，落入人间的天堂

从狮泉河开始，我们正式进入阿里大北线。大北线的历史可以追溯到1996年前后。这是一条史诗般的路线，从拉萨出发，沿219国道到达西藏最偏远的阿里地区，然后转道301省道，沿着羌塘无人区的边缘，经狮泉河、革吉、改则、尼玛，返回拉萨，全程近5000公里。大北线火了差不多十年的时间，很多人发现路线的后半程太枯燥了，每天几百公里的土路，全部是一望无际的旷野，只有野生动物相伴，于是一些资深的旅游车司机便开始尝试寻找新的路线，这其中以人称“阿里王”的洛旦师傅最为著名。经过几年的探索，

大约在2006年前后，终于有了大北线2.0的版本，也就是今天的阿里大环线。

大环线和大北线的区别主要在于路线的后半程不再走枯燥的301省道，而是把一些曾经只有牧民知道的小路串联了起来，将此段的大北线向南平移了几十公里，穿越了羌塘边缘的大湖区。变更后的路线调整为：革吉—雄巴—亚热—仁多—措勤—文部—尼玛，途经的主要湖泊增加了仁青休布措、扎布耶茶卡、扎日南木措和当惹雍措。这样一来，大北线的后半程每天都会在大湖区穿越，告别了枯燥的荒野，为了区别于大北线，这条路线也被重新命名为阿里大环线，后来我又给它起了个名字叫“一措再措”之旅，因为在藏语中措即是湖的意思。

2012年，阿里王洛旦师傅因肝癌离世。他留下的宝贵路线，一直被沿用至今，让无数旅行者感受到了藏北大湖区真正的魅力。

李翀的愿望是继续开拓这片神奇的土地，让更多的美景被更多的人知道。这十几年在西藏，他无数次地行走在荒无人烟的地区，从山南环线、藏东环线、羊卓雍措、纳木措转湖到阿里的一措再措。他用自己的生命谱写了全新的旅行路线，我们称他为新一代的“阿里王”。

仁多乡隶属西藏自治区日喀则市仲巴县。1961年建仁多乡。位于县境北端，距县府66公里。面积4700平方公里，人口0.15万。

仁多的住宿条件只能用“可以住”来形容，好在老板打扫得比较干净。多年前整个阿里环线上都是这样的住宿，而今除了仁多外，其他地方都可以洗澡，甚至还有供氧楼。随着柏油马路的全线贯通，阿里大环线一定会成为整个中国最美的自驾路线。

晚上吃饭的时候，李翀说不远处就是仁青休布措，你们要不要去拍星空。我说，你不去我们找不到路啊。他拿着我的手机，打开地图，点了个位置说，跟着线路去，这里就是最佳拍摄地。阿里的夜晚用伸手不见五指来形容最为恰当，没有手电的情况下，能见度为零。返回到旅馆翻看照片，李翀给的拍摄点定位偏差不到一米。

世界上海拔最高的湖泊

森里措，地处西藏日喀则地区仲巴县，深藏在冈底斯山脉的腹地，是世界上海拔最高的大湖，湖面海拔高达5396米。惊人的是迄今为止只有两位旅行者曾经和它亲密接触过，丁丁和孔雀，西藏高海拔旅行的探索先驱。

冈底斯山脉横贯西藏中西部，绵延1100公里，与喜马拉雅山脉平行，西段主峰是著名的神山冈仁波齐，连绵高耸的山脉将西藏的中西部地区一分为二。从翻越冈底斯山脉的一些公路垭口的海拔数据来感受一下它的高大，小北线上去往措勤途经的桑木拉达坂海拔5578米，从仲巴县城到隆格尔乡的仲隆公路所翻越的多拉垭口海拔5576米，从霍尔乡到亚热乡的打加拉垭口海拔5518米，4月还有过膝的积雪。

公路尚且如此，更何况被群山环绕的湖泊，冈底斯山脉腹地有五个大湖，自东向西分别是打加措、杰萨措、森里措、帕龙措、阿果措。除最后一个，其余几个都难以接近，尤其是森里措，没有任何公路到达，也没有当地牧民活动。当年丁丁和孔雀推着自行车来到森里措，从离开仁多乡到出山前后一共耗费了8天的时间。

孔雀说，世界上最高的湖在哪里？你能找到十来个不同的答案。山顶的一个小池塘算是湖吗？这个问题需要从海拔和面积来综合考量。

列举一些高海拔湖泊的数据：阿根廷的奥霍斯·德尔萨拉多火山口湖，海拔6390米，面积0.01平方公里；西藏的羌泽湖，海拔6216米，面积0.04平方公里；西藏郭董岗日附近的无名湖，海拔5813米，面积1平方公里；森里措，海拔5396米，面积83平方公里；杰萨措，海拔5204米，面积143平方公里；纳木措，海拔4729米，面积2022平方公里。

正如丁丁所说的，这样的探索注定不会为人轻易模仿和复制。

李翀说他要实现自驾车首次进入森里措的壮举，这也是我们此行最重要的目的地。可事与愿违，半路上小马哥的车出了故障。检查之后发现问题严重，遗憾之下，我们无奈放弃了森里措计划。

有些事很难去回忆……事后回想，那些日子老天好像一直试图在阻止李翀前进。每一个他想去的地方都因为各种问题无法实现。或许神想保护自己的孩子吧，可最终神把他的孩子带走了，留在了自己身边。

扎布耶，天空之镜

扎布耶茶卡又称扎布耶措，藏语意为“灌木丛上部的盐湖”，位于日喀则地区仲巴县境内，湖面海拔 4430 米，面积 243 平方公里，是西藏最大的盐湖。茶卡在藏语中即为“盐湖”。扎布耶茶卡分为南北两湖，南湖固液并存，北湖为卤水湖。幽绿色的湖水和巨大的盐块，让人如同置身于另一个星球。扎布耶茶卡是世界上第三大锂矿产地，除了富含锂资源外，还有大量的芒硝、天然碱等矿物。

在中国，人们熟知茶卡盐湖，却不知道扎布耶。因为西藏特殊的地理位置，其拥有世界上所有类型的景观。这也是为什么有那么多人一次又一次地来到这片土地。现实与梦想、天空与大地，在这纯净的世界里融为一体。这“平行世界”只有在高原之巅才蔚为壮观、神秘莫测。回想亘古轮回，那些藏族先民，面对这样的世界，唯有用佛法来诠释。我们也终于明白，他们崇尚世间万物的那种心境。我们不过是这个星球上的某一种生物，在自然面前，我们唯有崇敬。

为了弥补无法抵达森里措的遗憾，我们绕道寻找到了敌布措、嘎仁措、曲依措、措那措。抵达措勤之后，我们住在了太河洗浴宾馆。那种感觉就像是三天没吃饭，一只烧鸡端到了面前。我们在大

木桶里洗去尘土，洗去十几天的疲惫，也洗去了无法前往的遗憾。你看，旅者其实是很容易满足的，一碗泡面，一桶热水。因为每一个明天都是全新的经历，每一个过往都是美好的回忆。即便不能抵达心中的目的地，一直在路上便无遗憾。

昂拉仁措

昂拉仁措位于日喀则地区仲巴县境内，藏语意为“天鹅长湖”，湖面海拔4715 米，是日喀则地区最大的湖泊。许多资料显示佩枯措是日喀则地区最大的湖泊，这实际上是错误的，佩枯措的面积为284平方公里，而昂拉仁措的面积则是513平方公里，是整个西

藏自治区第七大湖。

塔若措

塔若措，湖面海拔 4572 米，面积 487 平方公里，位列西藏第八大湖。塔若措深藏在冈底斯山腹地，与扎布耶茶卡仅一山之隔，却人迹罕至。离开扎布耶茶卡后，在一个半山坡上可以看到路南侧的开阔地，只有在这里可以远眺塔若措，所以很少有人拍到它的真容。如果想近距离欣赏塔若措，则要从扎布耶茶卡转向南，在前往隆格尔乡的途中可以抵达塔若措湖边。

扎日南木措

我忘不了初见羊卓雍措的蓝，也忘不了初见扎日南木措的蓝。翻过山坡，一片巨大的蓝色呈现在眼前，不同于羊卓雍措的妖娆。扎日南木措的蓝色来得更加气派，硕大的湖面从天边而来。弯曲的湖岸线映射出不同的颜色层次。远处几个女生哇哇大叫，我说她们好像没见过世面的样子。她们说，这还不够美吗？于是我掏出手机嘚瑟了其他大湖的照片，她们说，那她们还真是没见过世面。

扎日南木措位于阿里地区措勤县内，藏语意为“圣山下的天湖”，湖面海拔4617米，面积 1023平方公里，是西藏第三大湖。措勤在藏语中意为“大湖”，指的便是扎日南木措。湖北侧是古湖岸线退却后留下的巨大波浪形地形。在湖北侧开车感觉像坐过山车一样，非常刺激。但如果是雨季，这段路则非常容易陷车。途中湖边有一处高地，高地上有一块巨石，上面是欣赏扎日南木措的最佳位置，在这里可以看到令人感到震撼的宽阔湖面。

李翀，你把自己留在了当惹雍措

当惹雍措位于那曲地区尼玛县境内，藏语意为“胸膛般的碧玉湖”，湖面海拔4535米，面积 835 平方公里，位列西藏第四大湖。当惹雍措是本教最大的圣湖，湖东岸有著名的象雄王朝穷宗遗址，湖的南岸有本教的著名圣山达果雪山。达果雪山一列七峰，犹如一座座雪山金字塔守望着圣湖。在古象雄语中“当惹”和“达果”就是“圣湖”与“神山”的意思。在西藏不胜枚举的众多湖泊当中，当惹雍措的名气算不上最大的，但的确是最为圣洁和大气磅礴的，那种纯粹的蓝会让人如痴如醉，没有亲自到过这里的人是绝对无法想象的。不夸张地说，当惹雍措是世界上蓝得最纯粹的湖泊。

当惹雍措东岸的穷宗便是历史上著名的象雄王朝的重要遗址所在地，1000多年前，象雄王国便依山附势建在此地。但曾经的辉煌如今已经杳无踪迹，只剩下残垣断壁。爬上陡峭的穷宗山，再下到面对湖面一侧的半山腰，有一处巨大的山洞，这里便是著名的穷宗遗址了。或许到此会让人失望，因为实在看不出半点王城的样子，但这里却是欣赏圣湖的最佳角度。

在世界上最蓝的湖泊前，在你最喜欢的当惹雍措前，在你走了无数次的地方，你跌倒了！那些荆棘坎坷都没有难倒我们，你却倒在了当惹雍措旁。我从车里爬出来一直喊你，可是没有回应。我光着脚去找对讲机让小马哥快回来。我们守护着你，可是在那个鸟不拉屎的地方我第一次感受到绝望，我和小马哥给所有能想办法的人打电话，我哭着求他们让直升机过来，我说没有时间了。我们身边所有的人都用尽资源，可是最后还是晚了。你一直抓着我的手，我说你力气特别大，我知道你多么渴望活着。我坐在警车里，我催促他们快点，可是那个破路实在快不起来。警车几次走错路的时候，我真的不知所措，我不停地问他们还有呼吸吗？他们说有，我就心想还有希望，我一直在和你说话。我说你是神的孩子，你命硬！你还答应带我围着喜马拉雅转一圈儿呢。可是，最后还是晚了。医生

出来通知我的时候，我说没有办法了吗？医生摇头，我点了支烟躲在角落里，大家哭成泪人。

世界上无数的探险者最终的归属都是在路上，我想这或许就是你的宿命。你把自己的青春献给了这片土地，你把自己毕生所知告诉了那些热爱西藏的人，你也把自己的身躯永远留在了你一生钟爱的地方，你终于做回了神的孩子。

神的孩子
西藏

羌塘这片无人的世界里，总有孤独的行者

羌塘是中国五大牧场之一，位于昆仑山脉、唐古拉山脉和冈底斯山脉之间，它不仅是野生动植物的天堂，同时也是一个具有丰厚沉积层的文化沃土。羌塘草原平均海拔在4500米以上，是西藏面积最大的纯天然草原！这里有多样的地貌，戈壁、草原、湖泊、山川和美丽迷人的景色。

《七十七天》电影主人公这样说道：“我不是疯了，也不是生

活中的loser，我只是想在活着的时候做点自己想做的事情。”

我没有杨柳松的勇气，我不能像他一样玩得那么牛。我只能一次次不断地来去，去力所能及之地探索、发现、记录那些不为人知的绝美之境，去感受自然的伟大，去寻找生活之外的美好。

那个电影拍得很美，因为那里是世界之巅，因为那里本就美得不可描述。故事很简单，因为这个群体的人本就活得简单，因为

大家的心中都有一份追逐自由的欲望，而这种欲望本就是无法言说的。于是电影略显单调，只有经历过的人才会懂，电影的单调远远不止旅途的单调。这种单调并不是表面的，而是内心的。面对壮美的风景，我们显得太过渺小。雁过留声，风过了什么也没有，人这一生就如那沙粒，一阵风，烟消云散。

77天，独自一人，我无法想象现实中的他是如何抗拒这份单调，不，是孤独、寂寞、无助、害怕……我记得一个朋友告诉我说，他独自徒步7天之后，看到人的时候，他默默流下了眼泪。

当年在木斯塘徒步，体力严重透支，大家去爬山看寺庙，我独自一人坐在山沟里，四处除了风声什么也没有，那一刻我突然很害怕。脑子里幻想了许多危险的画面，那种绝望无法描述。在等待大家回来与继续往前走的选择中，我选择继续走，而且走得很快，因为那是被恐惧推动的力量。

经历过便不会忘记，看到那些熟悉的画面，总会想起这些年在那片土地上的每一天，向死而生。电影中几次描写绝处逢生，电影探讨生存和死亡。而这一年，我也经历了生存和死亡。从那一刻开始，我更加珍惜生活。我这颗沙粒即使被风吹了，也得挣扎着飞慢点。因为现实告诉我，不知道什么时候，人生的路就会戛然而止。

原谅我不能继续写下去，我的阿里停在了2017年6月27日下午，停在了当惹雍措旁，停在了李翀安息的经幡下。

我会继续你未完成的事，继续探索这片土地，我还是你的摄影

器材。我依然会奔波于各个城市，继续讲述我们的故事，讲述继续出发的故事。

再见2018，再见我最亲爱的朋友，再见西藏。